Buchbeschreibung:

Was macht man, wenn man beinahe dreißig ist und erfolgreich die beste Freundin mit ihrem Traummann verheiratet hat?

Richtig, man begeht den größten Fehler seines Lebens.

Hallo, ich bin Mona, liebe Parfum, trage ein Brautkleid und heirate gleich meinen besten Freund.

Die dümmste Idee, die ich je hatte.

Warum ich es dann mache? Das frage ich mich auch. Und ich erzähle es in diesem Buch.

Teil 2 der dreiteiligen Reihe

Über die Autorin:

Kölnerin aus ganzem Herzen, die ihrem Traum gefolgt ist, Bücher nicht nur für sich zu schreiben, sondern auch für andere zu veröffentlichen.

Annabell Schilling

Frag mich niemals wieder

Liebesroman

FSC

www.fsc.org

MIX

Papier aus ver-
antwortungsvollen
Quellen
Paper from
responsible sources

FSC® C105338

Impressum

Kein Bezug zu lebenden oder bereits verstorbenen
Personen.

Bibliografische Information der Deutschen
Nationalbibliothek:
Die Deutsche Nationalbibliothek verzeichnet diese
Publikation in der Deutschen Nationalbibliografie;
detaillierte bibliografische Daten sind im Internet
über http://dnb.dnb.de abrufbar.

© 2020 Annabell Schilling
          Nachtigallenstr. 30, 51147 Köln
          www.annabell-schilling.de

Cover: pexels.com

Herstellung und Verlag:
BoD – Books on Demand, Norderstedt

ISBN: 978-3-7526-6200-9

Für all jene, die zu viele Entscheidungen bereuen.

Eines Tages gelangen auch wir ans Ziel.

Prolog

Hallo, ich bin Mona, neunundzwanzig Jahre alt und ich liebe Parfum.

So oder ähnlich würde ich mich meinem Therapeuten vorstellen. Wenn ich einen hätte, was nicht der Fall ist. Bräuchte ich einen? *Absolut.*

Nicht allein wegen des Parfums, selbst wenn das meine größte Obsession ist. Ich liebe auch andere schöne Dinge: Make-up in jeder Form und Farbe, Kleidung in all ihren Stilen und Facetten. Selbst Schuhe, wobei sich das in Grenzen hält. Zumindest in meinem Ankleidezimmer, das ich mir im dritten, ungenutzten Zimmer meiner Wohnung geschaffen habe.

Ich darf das, ich *muss* sogar, denn ich bin Stylistin. Eine dezente Ausrede dafür, dass ich meine Obsessionen ausschweifend pflege. Die beste Ausrede der Welt, wenn man mich fragt.

Aber zurück zu meiner wahren Leidenschaft, dem Parfum. Ich besitze mindestens eines für jede Gelegenheit, immerhin ist Duft nicht gleich Duft.

Ein Duft kann flüchtig sein wie ein leichter Windhauch, bleiben wie eine schwere

Nebelwolke oder liegt irgendwo dazwischen. Düfte hinterlassen Eindruck, positiv wie negativ.

Man muss den richtigen Duft deshalb mit Bedacht wählen.

Du hast ein Vorstellungsgespräch in einem eher konservativen Unternehmen? Nimm einen zurückhaltenden Duft, der weder zu süß, noch zu schwer ist. Einen, der da ist, solang du es bist, aber mit dir den Raum verlässt. Falls überhaupt ein Duft notwendig ist. Hier reicht wahrscheinlich schon eine leicht duftende Körperlotion, um nicht zu aufdringlich zu sein. Am Ende des Tages willst *du* wirken, nicht dein Parfum.

Du hast ein Date und möchtest einen bleibenden Eindruck hinterlassen? Nimm einen schweren Duft, der noch in der Luft hängt, auch wenn du schon gegangen bist. Einen Duft, der eine Erinnerung schafft.

Wenn du nichts weiter als einen fröhlichen Abend mit deinen besten Freunden verbringen willst, nimm einen luftigen, leichten Duft. Einen, der an wunderschöne, laue Frühlingsabende an der Alster erinnert.

So unterschiedlich sind Parfums. Sie passen sich dir an. Sie unterstreichen, wer du bist, wer du sein willst. Sie geben Momenten eine besondere Bedeutung.

Wenn ich verreise, habe ich einen ganzen Kosmetikkoffer voller Düfte bei mir. Normalerweise. Man könnte denken, dass ich in meinem Koffer alles habe, was ich als Stylistin brauche, doch das stimmt nicht. Den meisten Platz nehmen meine Parfums ein, um mich für jede Gelegenheit zu wappnen.

Wie gesagt: normalerweise.

Denn just in diesem Moment stehe ich nur mit meiner kleinen Handtasche in dem Waschraum eines großen Casinos und überlege, welchen meiner Düfte ich jetzt auftragen würde, hätte ich die freie Wahl. Und ich weiß es genau. Die Flasche ist rot, leicht gebogen, der Duft schwer, beinah aufdringlich. Kreiert, um eine Erinnerung für die Ewigkeit zu schaffen. Sie steht in meinem Badezimmer auf der umlaufenden Ablage direkt links neben dem Spiegel. Ganz vorn, mit ein wenig Platz zu den anderen Flacons. Weil der Duft etwas Besonderes ist, nur für außergewöhnliche Momente.

Genau das, was ich heute brauche.

Aber mein Parfum ist nicht hier, ich habe nur einen roten Lippenstift in der Handtasche. Damit bin ich gewappnet genug, hoffe ich.

Ich nicke meiner Mutter zu, die neben mir steht, unsere Sektgläser hält und mich freudig anstrahlt.

Für sie ist heute ein glücklicher Tag. Und eigentlich sollte es das auch für mich sein. *Eigentlich*. Aber das ist es eben nicht.

Denn ich begehe gleich sehenden Auges den größten Fehler meines Lebens.

Ich heirate meinen besten Freund.

Kapitel 1

11. Juni 2016

„Ja?", gehe ich ans Telefon, obwohl ich weiß, dass es unhöflich ist, sich nicht mit Namen zu melden. Oder zumindest mit einem freundlichen „hallo". Doch der Punkt ist: Es ist gerade wirklich ungünstig, ich stecke mit beiden Händen bis zu den Ellenbogen in Teig. Brotteig. Weil ich - weiß der Geier warum – auf die Idee gekommen bin, heute frisches Brot zu backen.

Ich spare mir den Zusatz, dass es wirklich eine dumme Idee ist. Ich habe so viel Ahnung vom Backen wie ein Maulwurf vom Fliegen. Aber es ist modern, es geht in den sozialen Medien rund, ein neuer Trend. Und was für eine Trendsetterin wäre ich, würde ich das nicht zumindest einmal ausprobieren? Das Lachen meiner besten Freundin, die meine Küchenkünste kennt, kann ich beinahe hören. Ich weiß schon, warum ich ihr nichts von meinem irrwitzigen Plan erzählt habe.

„Spricht da Mona?", kommt nach einem Moment die Gegenfrage von einer weiblichen Stimme.

„Ähm, ja, hier ist Mona. Und wer sind Sie?"

Ich höre ein erleichtert klingendes Seufzen.

„Hier spricht Luise Hansen." Ich komme kaum dazu, den Namen zuzuordnen, als sie weiterspricht. „Ich bin mir sicher, dass Ellijonora alles genauso gut allein könnte, aber wir sollten uns zusammenschließen und ihr unter die Arme greifen."

Endlich sagt mir der Name etwas. Luise Hansen, die Mutter meiner besten Freundin. Die Frau, die ich vor wenigen Wochen zum ersten Mal traf, als Ella ihren dreißigsten Geburtstag feierte.

„Frau Hansen, es tut mir leid, aber ich fürchte, ich verstehe nicht ganz."

Notdürftig wische ich mir den Teig von den Fingern. Verdammt, das Zeug ist aber auch klebrig. Und sowas tun sich Menschen freiwillig an? Mehrmals? Ständig so pappiges Zeug an den Fingern haben? Wobei viele mein tägliches Handwerkszeug wohl ähnlich beschreiben würden.

Wieder ein Seufzen am anderen Ende der Leitung, diesmal klingt es eher resigniert. Faszinierend, auf wie viele Arten ein Mensch seufzen kann.

„Ich weiß, dass Ellijonora mich aus den Hochzeitsvorbereitungen heraushalten möchte, allerdings ist das völlig inakzeptabel. Sie ist mein einziges Kind und es ist

12

meine Pflicht, ihre Hochzeit zu planen. Ich gehe davon aus, dass du ihre Brautjungfer sein wirst? Dann werden wir zusammenarbeiten."

„Moment bitte, Frau Hansen. Ella heiratet? *Unsere* Ella? *Wen* denn bitte?" Vielleicht träume ich einfach nur. Ganz bestimmt sogar. Aber warum sollte ich vom Backen träumen? Und von Ella's Mutter? Ich bin verwirrt.

„Leopold."

Es klingt, als sei dies absolut klar. Es gibt nur ein Problem: ich habe keine Ahnung, wer Leopold ist. Ich gehe alle Freunde und Bekannte von Ella im Kopf durch, die sie irgendwann einmal erwähnt hat, kann den Namen Leopold aber nicht zuordnen. Und DEN Namen hätte ich mir gemerkt, ganz sicher, erinnert er mich doch an meinen Lieblingsfilm „Kate und Leopold".

„Wie dem auch sei", fährt sie unbeirrt fort, „wir müssen die Hochzeit organisieren. Ich habe bereits die Kirche reserviert und mit Pfarrer Jahns gesprochen. Er hat Ellijonora getauft und er freut sich sehr, auch ihre Ehe zu segnen. Am dreizehnten August, bitte schreibe dir das Datum auf, es ist nicht mehr so viel Zeit bis dahin. Schick mir doch schnellstens eine Liste mit Namen und Adressen aus Hamburg, damit ich die Einladungen verschicken kann. Sei auch bitte so gut und begleite sie bei der Brautkleidsuche. Ich weiß ja, dass dir das liegt. Ach und informiere auch Leopold über den Termin, ich habe leider seine Kontaktdaten nicht mehr aufschreiben können, so schnell, wie er weg war."

„Sie kennen Leopold?" Ich weiß nicht, was mich mehr schockiert. Dass Ella heimlich einen Freund, nein verdammt, einen *Verlobten* hat, oder aber, dass ihre Mutter ihn vor mir kennenlernen konnte.

„Nun, er war nach Ellijonora's Geburtstag da, als wir zum Frühstück kamen. Leider musste er direkt wieder gehen, sehr schade. Bei Gelegenheit werde ich ihn fragen, aus welchem Grund. Natürlich nicht bei der Hochzeit, das wäre nicht angemessen. Ach, ich brauche dann auch die *exakte* Farbe des Brautkleides, damit ich die Dekoration der Kirche und des anschließenden Essens darauf abstimmen kann. Du wirst mir doch sofort ein Stoffmuster zukommen lassen, nicht wahr?"

„Frau Hansen", unterbreche ich sie und merke selbst, wie Panik meine Stimme färbt. Dabei bin ich nie panisch, aber endlich beginne ich zu verstehen, was Ella damals meinte, als wir über Hochzeiten sprachen. Ihre Mutter entwickelt sich tatsächlich zum *Brautmuttermonster* bei der

Aussicht, die Hochzeit ihrer Tochter zu planen. „Sind Sie sicher, dass Ella damit einverstanden ist, wenn wir ihre Hochzeit organisieren, noch dazu bei Ihnen und nicht in Hamburg?"

„Natürlich ist sie *nicht* einverstanden. Nach diesem Debakel mit Markus wird sie nicht vor den Altar treten *wollen*. Aber Leopold passt perfekt zu ihr. Und da *er* sie heiraten will, sollten wir zur Tat schreiten, bevor noch mehr wertvolle Zeit verstreicht. Meine Tochter wird schließlich nicht jünger."

Herrje, das klingt, als sei Ella kurz vor der Rente. Und ich direkt mit, weil ich kaum jünger bin. Würde sie mir ebenfalls einen Ehemann suchen wollen, sobald ich dreißig werde, damit ich nicht als alte Jungfer ende? Wobei das eher in das Aufgabengebiet meiner Mutter fallen würde. Demnach bleibe ich unverheiratet, da meine Mutter mich dazu erzogen hat, dass ich in Liebesdingen immer frei entscheiden kann, wen und wann ich liebe und ob ich heiraten will oder nicht. Ich bin froh, sie zur Mutter zu haben und nicht Frau Hansen. Ich beneide Ella kein Stück.

Noch dazu gibt es in meinen Augen nur einen, der perfekt zu Ella passt. Aber keiner der beiden ist gewillt, den ersten Schritt zu machen. Und jetzt *das*.

Ich habe Fragen, so viele Fragen. Ich ahne, dass Frau Hansen mir nichts weiter wird erklären wollen oder können, also muss ich mich direkt an Ella wenden.

Oder aber ...

Oder aber, nimmt ein Gedanke Gestalt an, ich nehme die Sache selbst in die Hand und sorge dafür, dass Ella ihren Herzmenschen heiratet. Ob sie will oder nicht.

Manchmal muss man der Liebe auf die Sprünge helfen. Und manchmal ist das eben dreckig und hinterlistig. So wie jetzt. Das leichte Alarmglöckchen in meinem Hinterkopf schiebe ich beiseite. In der Liebe und im Krieg ist alles erlaubt. Also ziehe ich in den Krieg für Ella's Liebe. Jawohl.

Und wer auch immer Leopold ist: Unsere Ella wird er nicht heiraten.

„Frau Hansen, schicken Sie mir doch bitte einfach Blanko-Einladungen. Wie viele Gäste sollen es werden? Ich denke, für den engsten Hamburger Kreis reichen mir zehn, vielleicht zwölf. Ella wird keine große Feier wollen."

Ich erinnere mich noch lebhaft an die Unterhaltung im *Viper,* wo es um Hochzeiten ging. Ella sagte mehr als deutlich, dass sie bestenfalls standesamtlich heiraten würde.

„Ach was. Wir feiern groß. Meine Tochter heiratet schließlich nur einmal."

Dein Wort in Gottes Ohr, denke ich und verabschiede mich.

Wie bekomme ich jetzt eine unwillige Braut dazu, einen Mann zu heiraten, der noch weniger vor den Altar treten will als sie, ohne beiden etwas von ihrem Glück zu erzählen? Selbst in diesem Punkt passen sie perfekt zusammen. Oder auch nicht. Immerhin liebt Ella die Liebe, will sich verlieben, eine Beziehung führen. Und er – nicht. Er ist kein Beziehungsmensch, noch weniger ein angehender Ehemann. Oh verdammt, was hat Ella sich und mir da eingebrockt?

Ich werde Hilfe brauchen. Bevor ich realisiere, was ich im Begriff bin zu tun, wählen meine Finger eine Nummer auf dem Telefon, das ich immer noch in der Hand halte und mein Blick streift über mein mit Mehl eingestaubtes, rotes Shirt und die ausgeleierte Jogginghose. Wie meine Haare aussehen, will ich gar nicht erst wissen. Ich muss auf jeden Fall noch duschen und mich umziehen, denn so kann ich ihn auf keinen Fall treffen. Und das richtige Parfum finden. Etwas, das zeigt, wie wichtig unsere Mission ist.

„Bobby, kannst du zu mir kommen? Wir brauchen einen Plan. Wir müssen Viper ins

Rheinland schaffen, damit er Ella heiratet",
schieße ich los, kaum, dass er sich gemeldet
hat.

Hätte ich in dem Moment geahnt, welche
Bedeutung und Auswirkung diese Idee für
mich haben würde, ich hätte es sein lassen.
Ernsthaft. Ich hätte mir damit so viel
Schmerz erspart. Aber wie heißt es so tref-
fend: Hinterher ist man immer schlauer.

Kapitel 2

Seit Stunden sitzen Bobby, der eigentlich Alexander heißt, und ich nebeneinander auf meiner bunt gemusterten Couch und überlegen, was noch zu organisieren ist.

Er hat meinen Laptop auf dem Schoß, ich Block und Stift in der Hand, um die Planung schriftlich festzuhalten. Herrje, Ella darf das alles niemals zu Gesicht bekommen, sonst kündigt sie uns die Freundschaft.

„Sag mir nochmal, warum die beiden heiraten müssen." Die Frage hat er schon gestellt, kaum dass ich ihm die Tür öffnete. Erst dann gestellt, muss ich sagen, denn am Telefon hat er nichts gefragt, mir nur gesagt, dass er in einer halben Stunde da sei.

„Sie lieben sich."

Er nickt, um mir zuzustimmen. Selbst ein Blinder sieht, wie sehr sie sich lieben. Nur die beiden haben die Augen fest verschlossen.

„Beide sind zu feige, es dem jeweils anderen zu gestehen. Und du kannst sagen, was du willst, Ella mag es zwar geschafft haben, bis nach Hamburg vor ihrer Mutter zu flüchten, aber sie wird sich vor diesem Hochzeitsmutterschiff nicht verstecken können. Luise *wird* dafür sorgen, dass ihre Tochter am dreizehnten August heiratet, komme, was wolle. Und wenn sie schon heiratet, dann doch bitte Viper. Ich meine, wen sonst?"

Bobby brummt vor sich hin, wie er es oft macht, wenn er nachdenkt. Ich mustere ihn verstohlen und hoffe, dass es ihm nicht auffällt.

Er sieht gut aus, in der abgewetzten Jeans und dem für ihn so typischen dunkelblauen, einfachen Shirt. Seine blonden Haare sind verwuschelt, als sei er ständig mit den Fingern hindurchgefahren und selbst sein dichter Bart, den er seit Jahren wegen einer verlorenen Wette trägt, sieht durcheinandergeraten aus.

„Sag mal, wann darfst du deinen Bart wieder abrasieren?", frage ich und wundere mich im nächsten Moment über mich selbst. Ich hatte nicht vor, die Frage laut zu stellen.

Bobby dreht sich in meine Richtung und grinst. Herrje, wie sehr ich dieses Grinsen liebe. Ich stelle mir gern vor, wie sich dabei Grübchen auf seinen Wangen bilden. Hat er überhaupt welche? Ich kann mich nicht erinnern, so lang ist es mittlerweile her, dass ich ihn ohne Bart gesehen habe.

„Wenn ich die Frau meiner Träume heirate. Dann rasiere ich mir den Bart ab. Sie soll sehen, was unter der Schale steckt. Und sie darf mich nicht Bobby nennen, sondern nur noch bei meinem echten Namen. Alexander, oder Alex."

Er lacht und ich lasse mich davon anstecken, aber etwas in meinem Bauch krampft sich fest zusammen. Ich kann mir Bobby nicht verheiratet vorstellen. Nicht mit einer anderen Frau. Die Idee allein reicht, dass sich Tränen in meinen Augen sammeln.

Ich meine, wenn ich die Wahl hätte – die ich nicht habe – ich würde ihn heiraten. Auf der Stelle. Nicht einen Augenblick lang würde ich überlegen oder zögern.

Schon seit wir einmal im *Viper* über Ehen im Allgemeinen und Hochzeiten im Besonderen gesprochen haben, weiß ich es sicher. Damals sagte er, dass er sofort dabei wäre. Und er nannte mich „Schätzchen", nicht abwertend, sondern liebevoll. Aber womöglich ist das nur Wunschdenken meinerseits. Bobby hat in mir nie etwas anderes als eine gute Freundin gesehen, die ihn seit Jahren jeden Donnerstag an seinem Arbeitsplatz besucht.

„Hast du schon jemanden in Aussicht?" Ich weiß nicht, was mich zu dieser Frage treibt. Das kann nur nach hinten losgehen für mein Herz. Und ganz die selbsterfüllende Prophezeiung, die es ist, tut es das natürlich.

„Ja." Er wendet den Blick ab und wischt sich mit einer Hand über das Gesicht, wirkt dabei müde und erschöpft, beinah resigniert. „Aber sie ist nicht an mir interessiert."

„Schade", ist alles, was ich rauswürgen kann und es kostet mich viel Kraft. Denn ehrlich gesagt bin ich froh, dass es so ist.

Bobby gehört zu meinen engsten und besten Freunden, wir kennen uns seit Jahren. Wir vier – Viper, Ella, Bobby und ich – wir sind ein eingespieltes Team. Er hat nicht verdient, dass ich ihm sein Glück nicht gönne. Er ist ein herzensguter Mensch, der es wert ist, jemanden zu finden, der alles für ihn ist, was er sich wünscht.

Aber mein dummes, eifersüchtiges Herz freut sich, dass da niemand ist, der seine Gefühle erwidert. Niemand, außer mir. Nur dass er mich nicht will.

Ich räuspere mich und kehre zum eigentlichen Thema zurück. Bloß bei dem bleiben, was sicher ist. Bloß nicht zu weit aus dem Fenster lehnen. Auf keinen Fall einen Blick ins Innerste gewähren, immer nur von Außen draufschauen lassen. So hart ich die Lektion früher gelernt habe, so gut und wichtig erscheint sie mir jetzt. Er darf niemals erfahren, was in mir los ist, wenn wir beide zusammen sind. Und was, wenn wir es nicht sind.

Niemals Schwäche zeigen. Zurück auf sicheren Boden. Sofort. Haltung annehmen, einen überzeugenden Gesichtsausdruck aufsetzen, nicht zu lächelnd, nicht zu aufgesetzt, nicht zu unnatürlich, wie künstlich auch immer er ist. Jederzeit die kleine Schönheitskönigin zeigen, ohne die Prinzessin in ihr verletzlich zu machen. *Gelernt ist gelernt.* Ja, so bin ich erzogen worden.

„Also, der Plan steht. Du nimmst dir den Tag frei und schreibst ihm kurz vorher, dass du zu Ella's Hochzeit fährst. Und dann kommt er hinterher und wird die Trauung verhindern. Er wird alle Karten auf den Tisch legen und schon heiraten die beiden", führe ich uns wieder zurück auf sicheren Boden.

„Bis du dir sicher?"

Er klingt zweifelnd, was ich ihm nicht verdenken kann. Es hört sich so einfach, so perfekt an. Nur sprichwörtlich die Karten auf den Tisch legen und schon wird alles gut.

„Ja, bin ich. Viper ist mutig genug." *Mutiger als ich,* denke ich, spreche es aber nicht aus. Natürlich nicht. „Jetzt lass uns was zu Essen bestellen, ich verhungere sonst noch und du hast bestimmt auch Hunger. Denken ist anstrengend, ich bin froh, dass ich nicht jeden Tag eine Verschwörung planen muss. Danach rufe ich meine Kollegin Laura an und werde irgendwie hinbekommen, dass sie uns in Brautkleider steckt."

„Ich bin gespannt, ob du Ella wirklich dazu bringst."

„Das lass mal meine Sorge sein." Ich grinse ihn an und gehe in die Küche, um den Flyer des Pizzalieferanten zu holen. „Such dir was aus, du bist eingeladen."

„Pack Getränke dazu und wir haben ein Date."

Mein Herz verliert für einen Moment den Rhythmus, als er das sagt, und ich schaffe es nicht mehr, ihm in die Augen zu sehen. Stattdessen reiche ich ihm mit zitternder Hand den Flyer und flüchte in den Flur, um das Telefon zu holen. Das Festnetztelefon. Nur, um den Raum verlassen zu können. Statt das Handy zu nehmen, das vor ihm auf dem Tisch liegt. Alles, um nicht zu sehen, wie er grinst und das Ganze als einen Scherz abtut.

Und verdammt, ich weiß genau, welches Parfum ich für das Date tragen würde. Ich würde mehr als nur Eindruck hinterlassen.

Ich bin verloren.

Genau wie mein Herz.

Kapitel 3

26. Juni 2016

Zwei Wochen ist das letzte „Verschwörertreffen" her, wie Bobby es getauft hat. Gut, es war auch das einzige Treffen bisher. Aber wir haben festgestellt, dass es ziemlich schwierig ist, sich ohne die anderen zu sehen.

„Also, wem wirst du alles eine Einladung schicken?", fragt er mich und legt den Stapel mit den Blankoeinladungen wieder auf den Tisch, die gestern angekommen sind.

„Ich habe eine Liste angefangen." Ich suche den Block und reiche ihn Bobby, der aufmerksam alle Namen liest, aber mehr und mehr die Stirn runzelt. „Du bist dir sicher, dass das funktioniert?"

Da ist sie, die Stimme der Vernunft. Die so sehr den Alarmglocken in meinem Kopf entspricht, die ich bisher gekonnt ignoriert habe.

„Das wird funktionieren. Viper wird nicht zulassen, dass Ella einen anderen heiratet. Ganz bestimmt nicht." Hoffe ich zumindest.

„Und wenn doch? Sollen dann alle sehen, wie das für Ella in einer Katastrophe endet? Vor allen Dingen rechtlich ist das …"

Ich unterbreche ihn. „Das geht gut, ganz sicher. Aber möglicherweise hast du recht, vielleicht sollten wir niemanden von hier einladen. Nur zur Sicherheit."

Er grinst mich an und ich kann nicht anders, als das Grinsen zu erwidern. Gleich darauf will ich von meiner Couch aufspringen, auf der wir wieder gelandet sind und den Raum verlassen, damit er nicht sieht, wie es mir in seiner Gegenwart geht.

„Dann sind es immerhin zehn Leute weniger. Eventuell fällt Ella dann doch nicht gleich um. Wie habt ihr das überhaupt geplant? Ich meine, sie braucht doch ein Kleid und Styling und all das. Wie willst du das anstellen?"

Tja, darüber habe ich mir auch schon den Kopf zerbrochen und noch ist mein Plan nicht ganz ausgereift.

„Ich werde sie mit zur Arbeit nehmen, da bekommen meine Kollegin und ich sie schon in ein Kleid. Alles andere sehen wir dann. Und vor Ort macht ja Frau Hansen alle Arbeit."

„Das wird eine Katastrophe", brummt er in seinen Bart und mir fehlen die Argumente, um ihm zu widersprechen. „Ella wird schreiend weglaufen, wenn sie das Kleid am Hochzeitstag sieht. Und wenn du sie da doch reinbekommst, dann wird sie in der Kirche ausflippen. Ella würde eine kleine Feier wollen, das wissen wir doch."

„Stimmt." Ich seufze. „Aber ich gebe die Hoffnung nicht auf."

Nicht in dem Punkt zumindest.

„Weißt du mittlerweile, wer der angebliche Verlobte ist?"

„Nein. Und da ihn keiner kennt, kann ihn auch niemand einladen. Der Punkt ist sicher, solang Ella nichts mitbekommt. Oder Frau Hansen herkommt und ihm über den Weg läuft. Aber das versuche ich mit allen Mitteln zu verhindern."

„Ich werde nie vergessen, wie sie ihre Mutter beschrieben hat, als es um Wunschhochzeiten ging." Er lacht vor sich hin und ich stimme mit ein. Und dann ist sie da, die Erinnerung. Die Erinnerung, wie er sagte, ich müsse ihm nur einen Ort und eine Zeit nennen und er wäre da.

Da, um mich zu heiraten.

Sofort.

Auf der Stelle.

Ich möchte weinen bei der Erinnerung daran, weil es nie wahr werden wird. Weil Ella ihren Traummann bekommen wird, und meine Traumhochzeit. Für mich bleibt es ein unerreichbarer Traum.

„Alles okay?" Bobby lehnt sich zu mir rüber und streicht mir über die Wange. „Du siehst so traurig aus."

Mein Herz bleibt stehen, als er mich berührt, und ich habe das Gefühl, keine Luft mehr zu bekommen.

Er ist mir zu nah und doch zu weit weg.

„Doch doch, alles gut", bringe ich nach einem Moment hervor. „Ich brauche nur etwas zu trinken. Magst du auch einen Tee haben?"

Er antwortet nicht, als das ich das Sofa beinah fluchtartig verlasse.

Er folgt mir nicht, sagt keinen Ton.

Ich weiß nicht, was mich mehr enttäuscht.

Kapitel 4

02. Juli 2016

Uns läuft die Zeit davon. Besser gesagt: mir. Die Hochzeit ist in sechs Wochen und wir haben immer noch kein Kleid, weil Ella sich geweigert hat, mit mir zum Shopping zu gehen. Als ahnte sie, dass ihr etwas – in ihren Augen – Unangenehmes bevorsteht. Doch heute ist es endlich so weit, ich habe sie dazu gebracht, sich direkt nach der Arbeit mit mir in dem Kaufhaus zu treffen, in dem ich beschäftigt bin. Und in dem meine Kollegin und Freundin Laura die Brautmoden betreut.

Sie zu überzeugen, mir zu helfen, war leichter als bei Bobby, der mir hilft, aber immer noch zweifelt, ob wir das Richtige tun. Laura hingegen liebt Hochzeiten, sie vergöttert Brautkleider und die Idee einer Überraschungshochzeit von zwei so absolut perfekt zusammenpassenden Menschen findet sie mehr als nur romantisch. Für sie ist es ein Verbrechen an der Liebe, die beiden nicht um jeden Preis bis ans Ende der Zeit miteinander zu verbinden.

Also, es gibt *wirklich* Menschen, die schlimmer sind als ich. Und sie hat die beiden bisher noch nicht kennen gelernt!

„Was sagst du dazu?"

Ella hält ein gelbes Kleid hoch, das ich skeptisch mustere. Wir stehen inmitten der Sommermode, da die Gelegenheit fehlte, Laura das abgesprochene Zeichen zu geben.

„Hm, ich bin mir nicht sicher, aber probier es mal an."

Kaum ist sie in der Kabine verschwunden, fische ich mein Handy aus der Handtasche und schreibe meiner Kollegin. Als Ella die Umkleide verlässt, steht Laura schon neben mir.

„Oh, es ist perfekt, dass ihr beide hier seid. Ich brauche eure Hilfe. Wir haben neue Brautkleider reinbekommen und ich bin mir absolut unsicher, welche ich auf die Puppen packen soll. Könnt ihr mir bei der Entscheidung helfen?"

Ella schaut etwas skeptisch, gibt aber binnen Sekunden nach. Sie zieht sich wieder um und wir gehen zusammen zu den Brautmoden. Und ich danke allen Himmeln dafür. Endlich kommen wir einen Schritt weiter!

Es war ein Kampf für mich, Ella zu überreden, sich auch nur eines der Kleider anzusehen. Aber niemand – wirklich niemand - kann Laura's hellbraunen, warmen Augen widerstehen, wenn sie einen bittend anschaut. Erst recht nicht unsere ehemalige Krankenschwester, die am liebsten allen Menschen helfen würde, wenn sie nur könnte. Deshalb musste Laura nur zweimal mit den Wimpern klimpern, die immer lächelnden Mundwinkel ein wenig absenken und schon steht Ella mit einem Kleid in der Hand in einer Umkleide und lässt sich von Laura hineinhelfen.

Ich liebe Laura für diese Kunst! Jeder Welpe kann noch von ihr lernen.

Schon das zweite Kleid sitzt perfekt, Ella sieht aus wie eine echte Braut. Und verdammt, als Laura ihr noch einen Schleier und passende Schuhe anzieht, haben wir alle drei Tränen in den Augen.

„Nur schade, dass ich nicht heirate", murmelt Ella, dreht sich noch ein paar Mal hin und her und bewundert sich von allen Seiten im Spiegel.

Das wäre die Chance, sie nach Leopold, ihrem Verlobten zu fragen, aber ich sage nichts. Am Ende ahnt sie noch etwas von unserer Planung.

Stattdessen macht die Stylistin in mir endlich ihren Job und betrachtet sie jetzt kritischer. Muss ich Änderungen an dem Kleid vornehmen? Ich werde es etwas kürzen müssen, was nicht einfach wird, da die oberste Tüllschicht des Rockes mit einem Spitzensaum verziert ist.

Ich mache ein Foto von Ella in diesem Traum aus Spitze und schicke es ihrer Mutter. Mit der klitzekleinen Notiz über den gesalzenen Preis. Ich bin mir nicht sicher, ob sie tatsächlich fast zweitausend Euro für ein Kleid ausgeben will, das Ella nur einmal tragen wird. Und bei dem wir nichtmal wissen, ob es bei einer Hochzeit oder einem Fiasko getragen wird.

Binnen weniger Minuten erhalte ich als Antwort einen grinsenden Smiley und den Satz: „Sofort kaufen, ich zahle alles. Meine Kreditkarte habe ich dir ja mit den Einladungen zukommen lassen."

Dennoch fasse ich ein Kleid ins Auge, das deutlich günstiger ist, aber den gleichen Schnitt hat und farblich sogar noch besser zu Ella passt. Und es hat keinen Spitzenbesatz, was alles für mich leichter macht.

„Hey, ich habe gleich Feierabend", sagt Laura, als Ella wieder in Leinenhose und Shirt aus der Kabine kommt, nimmt ihr das Kleid ab und hängt es auf den *Reserviert*-Ständer. Gut so. „Wie wäre es, wenn wir drei Grazien etwas essen gehen?"

Ich hänge das günstigere Kleid direkt daneben, damit wir es auf jeden Fall bekommen.

Damit ist ein weiterer Punkt unserer Hochzeitsliste abgearbeitet.

Im Restaurant schaut Ella immer wieder aus dem Fenster. Ihre Pommes hat sie kaum angerührt, während ich meinen Salat nicht schnell genug essen kann. Ich habe riesigen Hunger, esse aber nur wenig, um meine Figur zu halten. Sport allein reicht nicht. Und als Tochter einer ehemaligen Schönheitskönigin kann ich nicht aus meiner Haut, manche Dinge sitzen zu fest verwurzelt, war dieses Ideal doch allgegenwärtig.

„Du denkst an das Kleid, oder?", fragt Laura und grinst vor sich hin. Verständlich, die Romantikerin in ihr feiert sicher eine Party.

„Ja." Ella seufzt. „Es ist perfekt. Genau das, was ich tragen wollen würde, sollte ich jemals in einer Kirche vor den Altar treten. Das ist definitiv nichts, das man auf dem Standesamt trägt."

„Ist eine Hochzeit denn in Reichweite?"

„Nein." Sie schüttelt nachdrücklich den Kopf. „Ich bin Single, die Dates laufen auch nicht wirklich gut ... Okay, das ist eine Untertreibung. Es ist *grauenhaft*, ich komme kaum über das erste Date hinaus. Und mittlerweile glaube ich, dass es an mir liegt."

„NEIN!" Da sind Laura und ich uns einig.

„Die Kerle da draußen sind einfach so seltsam geworden", sage ich, auch wenn ich die Wahrheit kenne. Dass ihre Dates nicht laufen, liegt nicht an ihr. Da sollte Viper endlich Farbe bekennen, da er die Finger im Spiel hat.

„Tja, das sagst du. Aber bei dir sieht es ja auch nicht besser aus, oder?"

Autsch. Das stimmt zwar, ich habe keine Beziehung. Aber nur, weil ich in Bobby verliebt bin. In einen meiner besten Freunde. Er aber leider nicht in mich. Noch möchte ich nicht mit ihr darüber sprechen, kann es mir ja kaum selbst eingestehen.

„Du solltest Bobby nach einem Date fragen", sagt Ella völlig ungerührt.

„Auf keinen Fall!", sage ich, gerade als Laura fragt: „Wer ist Bobby?"

Ella kichert. „Bobby ist in Mona verschossen und Mona in Bobby. Die beiden sehen sich mindestens jeden Donnerstag, wenn wir ins *Viper* gehen und keiner von beiden hat andere Verabredungen. Sie sehen sich bei jedem unserer Treffen und schleichen umeinander herum. Bobby versucht, sie mit fadenscheinigen Bitten öfter zu sehen. Wie, wenn er dreimal die Woche in unserer Nachrichtengruppe fragt, ob sie ihm Spülmittel für die Bar mitbringen kann."

Jetzt kichert auch Laura. Natürlich, das lässt ihr romantisches Herz mit Sicherheit wieder klopfen.

„Das stimmt doch gar nicht", versuche ich, mich zu rechtfertigen. Ja, er fragt immer wieder, ob ich etwas mitbringen kann. Aber doch nicht, um mich öfter zu sehen. Herrje, Bobby ist kein bisschen schüchtern, wenn er tatsächlich *verschossen* in mich wäre, wie Ella behauptet, würde er mich direkt nach einem Date fragen. Wir kennen uns lang genug.

„Nein? Bist du dir da sicher?", fragt Ella und nimmt sich eine aussortierte Kirschtomate von meinem Teller.

„Ganz sicher. Sie brauchen eben immer wieder so Zeugs. Und hallo? Wir *verkaufen* das hier, ich *arbeite* täglich hier. Ist doch klar, dass er da mich fragt und ich es mitbringe."

„Genau deswegen muss Vi auch den Keller ausbauen, weil er nicht mehr weiß, wohin mit dem Zeug."

Die beiden lachen immer ausgelassener.

Ich will gerade etwas erwidern, als mein Handy neben mir einen Ton von sich gibt. Mir schwant Böses, und doch öffne ich die Gruppennachricht. Von Bobby. War ja klar.

„Mona, kannst du Spülmittel mitbringen,

bitte? Ich habe nichts mehr. Danke! :x"

„DAS da", Ella hält Laura ihr Handy unter die Nase, „ist ein Kuss. Und wie du siehst, hat er das letzte Mal am Montag nach Spülmittel gefragt. So viel verbraucht die Bar nicht. Er will dich sehen, Süße. Und jetzt frag ihn endlich nach einem Date."

Niemals. *Auf gar keinen Fall.*

Trotzdem haben die beiden erreicht, dass ich nachdenklich werde. Sieht Bobby in mir doch mehr, als nur eine Freundin? Und wie finde ich das heraus?

Bevor die beiden sich weiter auf mich einschießen, frage ich Laura nach ihrem Liebesleben.

„Alles beim Alten. Wobei René und ich darüber gesprochen haben, dass er zu mir zieht, wenn meine Mitbewohnerin in ein paar Wochen auszieht. Allein kann ich mir die Miete nicht leisten und wir sind ja schon so lang zusammen. Es ist Zeit für den nächsten Schritt."

Damit haben wir ein neues Diskussionsthema. Und ich glaube, ab sofort werden wir Laura auch donnerstags im *Viper* sehen, so gut wie wir drei uns verstehen. Sie passt perfekt zu uns.

Irgendwo im Hinterkopf hängt der Gedanke fest, dass Ella sich als Single bezeichnet hat. Keine Rede von einem

Freund, den sie uns nur noch nicht vorgestellt hat, geschweige denn von einem Verlobten. Gekonnt schiebe ich dieses Signal-
horn beiseite.

Ich habe eine Mission zu erfüllen.

Kapitel 5

13. August 2016

Ich bin nervös. Viel zu nervös.

Heute heiratet meine beste Freundin. Zumindest, wenn ich den Bräutigam irgendwie in die Kirche bekomme. Der ist nämlich immer noch nicht da und theoretisch beginnt die Trauung in wenigen Minuten.

„Sie hat das echt durchgezogen", murmele ich vor mich hin und von Ella kommt nur ein „Jepp". Dabei meine ich – anders als sie – nicht die Feier an sich. Sondern das Ausmaß, das dieses *Drama* genommen hat. Ich bin so geschockt, dass ich nicht einmal bemerke, was die Menschen um mich herum anhaben oder auch nicht.

Wir sind in der längst gut gefüllten Kirche, es ist kaum mehr ein Platz frei auf den Bänken; Ella trägt Brautkleid und Make-up und sieht fantastisch aus. Was ich nur weiß, weil ich sie so hergerichtet habe heute Morgen.

Ihre Mutter wird immer hektischer, weil Leopold noch nicht da ist. Ich spare mir, ihr zu sagen, dass auch kein Leopold kommen wird. Sein Name steht auf den Einladungen, auf dem Banner am Altar. Aber wer nicht eingeladen ist, weil ihn niemand kennt, der kann auch nicht zur Hochzeit erscheinen.

Bobby sollte längst hier sein, allerdings habe ich von ihm noch immer nichts gehört. Und wo Viper steckt, weiß ich noch weniger. Denn wenn alles liefe wie geplant, wäre er ebenfalls bereits hier.

Als Ella's Vater erwähnt, dass ihr Exfreund Markus und irgendein Alexander am Altar stehen, fühle ich mich selbst einem Herzinfarkt nahe und kann nicht einmal mehr klar denken. Ich kann die Katastrophe beinah schmecken, vor der wir stehen.

Irgendwann zwischen all dem Drama in dem kleinen Raum direkt neben dem Kircheneingang klingelt mein Handy. Und weil ich keine Tasche bei mir trage und es deswegen in den Ausschnitt gestopft habe, bekomme ich es jetzt natürlich nicht zu fassen. Als ich es endlich in der Hand habe und Bobby's Namen auf dem Display aufleuchten sehe, sind mir alle Manieren egal und dass ich mich in einer Kirche befinde, vergessen.

„Hey, wo bleibst du, verdammt nochmal?"

„Ich bin da, ich halte den Platz frei. Keine Angst, Viper ist gleich hier. Alles wird gut, keine Sorge", versucht Bobby mich zu beruhigen.

Als ob das was nützte!

Pfarrer Jahns treibt uns bald darauf wie eine Herde Schafe in die Kirche. Ich würde gern die Sektflasche mitnehmen, mit der Ella und ich uns schon reichlich betrunken haben, aber ich glaube, das erregt zu viel Aufsehen. Die Leute schauen schon seltsam, weil ich versuche, ihren Vater aufzuhalten und ihm immer wieder „nein, noch nicht" zuflüstere. Doch entweder hört er mich nicht oder er ignoriert mich. So oder so, es ist einfach zu früh, wir dürfen noch nicht anfangen!

Vom Weg zum Altar bekomme ich kaum etwas mit. Erst recht nicht mehr, als ich Bobby in seinem Anzug entdecke. Verdammt, er hat sich wirklich aufgebrezelt für die Hochzeit, sieht unglaublich gut aus.

Ich bin gefesselt von seinem Anblick, bekomme kaum mit, dass Viper hinter uns auftaucht, dass Ella und er miteinander sprechen, bis Ella plötzlich schluchzt, dass die Hochzeit abgesagt ist und vom Altar weg eilt in ihrem langen Kleid. Ich rufe ihr hinterher, aber sie bleibt nicht stehen, verschwindet hinter einer kleinen Nebentür, wirft sie zu und schließt uns alle damit aus.

„Maus, lass mich rein, bitte!", sage ich direkt an der Tür, doch als Antwort bekomme ich nur ein geschnieftes „Du hast mich verraten! Warum hast du das getan? Ich dachte, du bist meine Freundin! Und dann planst du den *Scheiß* mit meiner Mutter?"

Ich versuche, mich zu entschuldigen, die Situation zu erklären, dass Viper ein Idiot ist und Bobby und ich den perfekten Plan hatten, den Viper uns versemmelt hat. Aber sie weigert sich, mir zuzuhören.

Pfarrer Jahns schafft es irgendwann zum Glück, dass Ella die Tür zur Sakristei öffnet, in die sie sich geflüchtet hat. Ihr Vater kümmert sich darum, dass die Gäste die Kirche verlassen und wir unter uns sind. Gott, was für ein Desaster. Hätte ich doch mal für einen Moment auf die Warnlichter gehört, die ich so fleißig ignoriert habe in den letzten Monaten.

Die nächste halbe Stunde wird legendär. Ella und Viper sprechen sich aus und ich fühle mich wie ein Eindringling, weil ich dabei bin. Und dann bekommt Viper sie tatsächlich dazu, „ja" zu sagen. Ich bewundere ihn für die List und stelle mir einen Moment lang vor, wie meine Hochzeit mit Bobby wohl wäre. Mein Blick sucht ihn, aber er ist auf sein Handy konzentriert und lächelt den Bildschirm an, was mir einen Stich versetzt. Wem schreibt er?

Doch schon im nächsten Moment reißt er mich förmlich in seine Arme und drückt mir einen schnellen Kuss auf die Lippen. Nichts

Besonderes, eigentlich. Aber es wirbelt meine Welt ziemlich durcheinander.

Seine Lippen fühlen sich so unglaublich weich an, sein Bart kitzelt ein wenig. Doch noch bevor ich überhaupt reagieren kann, löst er seine Lippen wieder von meinen.

„Wir haben es geschafft", raunt er mir ins Ohr und lässt mich wenige Sekunden später schon wieder los. Sein Lächeln raubt mir den Atem.

Ich bin so abgelenkt davon, dass ich nicht mitbekomme, wie Ella in Ohnmacht fällt. Viper schafft es, sie kurz zu wecken, bevor sie einschläft und sehr undamenhaft laut schnarcht. Sie schläft den Schlaf der Gerechten, dem ganzen Alkohol sei Dank, und Viper schafft sie ins Hotel, in das bereits reservierte Zimmer. Immerhin so viel Privatsphäre hat Luise den beiden zugestanden, statt sie bei sich zu Hause ein-zuquartieren.

Bobby und ich folgen den beiden mit seinem Wagen, ich merke den Sekt eben-falls, bin immer noch durcheinander von dem Kuss, der mich völlig aus der Bahn wirft (ehrlich, theoretisch war es doch nur ein Schmatzer!), und bin froh, wenn ich mich in ein Bett legen kann.

„Haben Sie noch Zimmer frei?", fragt er die freundliche Dame am Empfang des

Hotels.

Sie lächelt ihn entschuldigend an. „Wir haben nur ein Zimmer in der Jugendherberge nebenan frei, mit vier Einzelbetten. Wenn Sie das wollen ..."

Ich will sagen, dass es okay ist, aber bevor ich die Worte auch nur formen kann, schießt Bobby schon dazwischen.

„Gibt es ein weiteres Hotel in der Stadt?"

Er sieht mich nicht an und langsam aber sicher sickert die Erkenntnis ein, dass er nicht in einem Raum mit mir schlafen will.

Ich weiß nicht, was in dem Moment mehr schmerzt. Dass wir – als zwei Erwachsene – nicht in getrennten Betten im gleichen Raum schlafen können, oder dass er mich nicht einmal ansieht. Und dann sehe ich sein Lächeln vor mir, als er in der Kirche auf sein Handy geschaut hat.

Der Kuss scheint vergessen. Verdammt, er bereut ihn sicher, sonst würde er mich jetzt nicht schnellstmöglich loswerden wollen.

Verdammt, verdammt, verdammt. Innerlich krümme ich mich zusammen und fluche laut schreiend. Aber nicht nach Außen.

„Oh, das ist nicht nötig", zwinge ich mich locker zu sagen, als würde mir nicht sprichwörtlich das Herz in der Brust zerspringen. Bloß keine Gefühle zeigen. Sei nach Außen immer ganz Königin. „Ich bleibe nicht hier, ich schlafe wieder im Gästezimmer bei Familie Hansen, wie letzte Nacht. Luise wird sicher schon auf mich warten. Könnten Sie mir nur bitte ein Taxi rufen?", wende ich mich an die Frau am Empfang und gebe mir alle Mühe, sie anzulächeln. Für einen kurzen Moment sehe ich Mitleid in ihren Augen aufblitzen. *Wunderbar*. Genau das, was ich jetzt am meisten brauche. *Ha ha.*

„Ich kann dich fahren", schlägt Bobby vor, aber es klingt mehr als halbherzig.

„Nein, lass mal. Es war ein aufregender Tag und du bist heute schon genug gefahren. Wir sehen uns in Hamburg."

Noch nie habe ich mich so kurzgefasst von ihm verabschiedet. Noch nie habe ich ihn nicht zum Abschied umarmt. Doch heute drehe mich um und gehe mit erhobenem Kopf und geradem Rücken. Mit dem letzten Rest Fassung, den ich noch auftreiben kann.

Erst im Taxi sinke ich zusammen und lasse die Tränen laufen.

Es fühlt sich an, als würde ein Teil von mir in diesem Hotel zurückbleiben.

Kapitel 6

29. September 2016

Die letzten Wochen waren insgesamt seltsam, zwischen Bobby und mir nur noch angespannt. Er hat nicht mehr nach Spülmittel gefragt, was den Verdacht bestätigt, dass immer genug da war. Und jedes Mal, wenn wir uns donnerstags gesehen haben, ist er mir aus dem Weg gegangen. Dafür versteht er sich zusehends besser mit Laura und wenn ich nicht wüsste, dass sie mit ihrem René glücklich ist, würde ich vor Eifersucht platzen. Über unseren Kuss haben wir nicht gesprochen, wir tun, als sei es nie passiert. Er muss mir aber nicht auch noch sagen, dass es ein Fehler war. Er zeigt es deutlich genug.

Dagegen ist Ella und Viper zu beobachten einfach nur göttlich und herzerwärmend. Viper hat dafür gesorgt, dass sie direkt zu ihm zieht und ich glaube, seit der Hochzeit hat sie nicht mehr in ihrer eigenen Wohnung geschlafen. Selbst ihre Katzen sind mittlerweile bei ihm eingezogen. Man sieht ihnen das Glück an, sie haben es perfekt getroffen. Wir haben einen Volltreffer gelandet. Zumindest daran habe ich nie gezweifelt. Keiner passt so gut zusammen wie die beiden.

Was die Donnerstage für mich auf der anderen Seite des Zauns langsam aber sicher unerträglich macht.

Immer wieder bekomme ich vorgeführt, wie glücklich meine beste Freundin ist. Ich gönne es ihr von Herzen, doch ich merke deutlich, dass ich das auch für mich will. Nur will ich nicht irgendwen, ich will Bobby.

Der jedoch sieht mich nicht mehr an. Gerade stecken er und Laura wieder die Köpfe zusammen und ich fühle mich wie das fünfte Rad am Wagen, sitze allein auf einem Hocker mit einem Glas vor mir. Ein Blick in die Runde zeigt, dass im ganzen Raum kein einziger Mann ohne Begleitung steht oder sitzt. Tja, selbst zahlenmäßig bin ich heute allein, wie es scheint. Wunderbar.

Ich fische das Handy aus meiner Tasche. Darauf schauen geht immer. Man wirkt beschäftigt. Oder verdammt einsam. Doch dann tut es mir den Gefallen und klingelt. Es könnte meine Rettung sein.

„Hallo, hier ist Mona", melde ich mich.

„Wie schön, hier ist Clarissa. Monique, hast du heute Abend Zeit für mich? Ich muss zu einer Vernissage und bin absolut nicht in der Lage, mich selbst passend fertig zu machen."

Ich grinse, schnappe mir meine Tasche und mache mich auf den Weg. Mich zu verabschieden spare ich mir heute. Ich glaube kaum, dass es jemandem auffallen wird.

„Bin schon unterwegs", sage ich meiner treuesten und liebsten Kundin. Seit einigen Monaten besuche ich sie auch privat, um ihr mit ihrem Make-up zu helfen. Und Clarissa ist einer der wenigen Menschen, die mich bei meinem vollen Namen nennt. Weil ich zu elegant bin, um nur Mona zu sein, sagt sie.

„Du bist ein Schatz. Ich zahle das Taxi, gib Bescheid, wenn du vor der Tür stehst."

„Also, was macht die Liebe?", fragt Clarissa, als ich beginne, sie zu schminken. Abend-make-up, abgestimmt auf das silberne Kleid, das sie gleich tragen wird. Perfektion vom Scheitel bis zur Sohle, wie mein Ausbilder zu sagen pflegte.

Da ich nicht weiß, wo ich beginnen soll, seufze ich aus tiefster Seele. *Dramatischer geht echt nicht*, denke ich, nach einem Anfang suchend.

„Fassen wir zusammen: er ist ein Idiot." Sie lacht und ich komme nicht umhin, zumindest zu grinsen.

„Ja, so kann man das auch sagen", stimme ich zu und korrigiere den Lidstrich ein wenig. „Ich glaube, er hat eine Freundin. Aber gesagt hat er noch nichts." Den Kuss verschweige ich ihr, obwohl ich immer wieder daran denken muss. Ich kriege diesen einen Moment nicht aus dem Kopf, so kurz er auch war.

„Dann vergiss ihn, wenn er dich nicht will. Da draußen laufen genug Männer herum, die dich auf jeden Fall haben wollen. Und wenn du einmal raus musst, etwas anderes sehen, dann melde dich bei uns, wir besorgen dir eine Wohnung am gegenüberliegenden Ende der Welt, wenn es sein muss. Aber lass den Kopf nicht hängen. Nicht wegen einem Mann.“

Sie hat gut reden. Seit nahezu dreißig Jahren hat Clarissa ihren Traummann, den perfektesten Ehemann überhaupt, an ihrer Seite. Ich will nicht neidisch sein, aber sie ist ein weiteres Beispiel dafür, ein zusätzliches, leuchtendes Hinweisschild, dass mir etwas fehlt. Dass mir *jemand* fehlt.

„Ich werde wohl keine andere Wahl haben“, stimme ich ihr zu.

Die nächsten Minuten arbeite ich schweigend, Clarissa summt eine mir unbekannte Melodie. Sie stoppt erst, als mein Handy leise im Hintergrund klingelt.

„Na, er scheint dich doch zu vermissen.“

Ich lache, weil die Idee, dass tatsächlich Bobby anruft, so absurd ist. Vermutlich ist es Ella, der mein Fehlen aufgefallen ist und die fragt, wo ich abgeblieben bin, warum ich mich heimlich davongeschlichen habe.

„Das hat definitiv Zeit. Und jetzt bitte still halten, ich muss den Lipliner auftragen."

Wenn man nur immer alle so einfach zum Schweigen bringen könnte. Vor allem die ach so netten, inneren Stimmen.

„Ist meine Sonne fertig?" Fernando erscheint im Türrahmen und ich sehe sein Lächeln, als ich den Blick hebe. Clarissa sitzt mit dem Rücken zu ihm, aber auf ihren Zügen zeigt sich das gleiche Lächeln. Die Verbindung der beiden ist unglaublich. Ich bin jedes Mal erstaunt, wenn ich sie hautnah erleben darf. Eine so tiefe Liebe, die über die Jahre hinweg gewachsen ist.

„Wir sind so gut wie fertig", sage ich und tupfe vorsichtig den überschüssigen Lippenstift ab. Als mir das Ergebnis gefällt, trete ich langsam einen Schritt zurück und nicke ihm zu, damit er zu uns kommt.

Clarissa dreht ihren Schminkstuhl halb in seine Richtung und er sinkt vor ihr auf ein Knie, als er sie erreicht. Er greift nach ihrer Hand und setzt einen Kuss auf den Handrücken.

Mein Herz schmilzt immer weiter, je länger ich die beiden beobachte.

„So schön wie am ersten Tag", lächelt er und gibt ihr einen zweiten Kuss auf die

Hand.

Sie kichert wie ein junges Mädchen. „Ja, und mit noch mehr Falten als damals, mit weit über dreißig, als du mich gefunden hast."

„Gefunden, und nie mehr hergegeben", grinst er an ihren Lippen und küsst sie.

Mir verschwimmt der Blick, so ergriffen bin ich. Genau *das* will ich für mich.

Einen Moment später wendet sich Fernando mir zu und zieht mich in seine Arme. „Ich freue mich, dass du Zeit für meine Sonne gefunden hast."

„Ach Fernando", ich lache ihn an, „für euch beide habe ich immer Zeit. Wirklich immer. Ich liebe es, hier zu sein."

Sein Blick wird kritischer, bleibt an meinen Augen hängen, während ich ihn ebenso mustere. Den Smoking, den er trägt, wie die schwarze Fliege seine braunen Augen unterstreicht und die wenigen dunklen Strähnen hervorhebt, die in seinem ergrauten Haar noch vorhanden sind. Er trägt sein Alter mit Fassung, wobei ich bei keinem der beiden weiß, wie alt sie tatsächlich sind.

Ich weiß nur, eines Tages will ich genau *das* haben. Lachfalten um die Augen, graue Strähnen in den Haaren und einen Mann an meiner Seite, für den ich die Sonne bin, das

Zentrum seines Universums. Dessen Leben ich lebenswerter mache, das Altern erträglich. Ohne den ich Nichts bin.

„Ich denke, du solltest uns heute begleiten. Wir finden gewiss ein Kleid für dich", sagt er und schon steht Clarissa auf und zieht mich hinter sich in ihren begehbaren Kleiderschrank. Und wow – der Fundus ist unglaublich! Ich könnte Stunden hier verbringen.

Perfekt sortiert nach Anlässen. Hier leger, da elegant, dort klassisch und drüben noch mehr. Ich weiß gar nicht, wohin ich zuerst sehen soll. Und der Raum ist so groß! Ja, ich habe auch ein Ankleidezimmer, allerdings würde das gut und gerne dreimal hier reinpassen.

„Wow", flüstere ich und folge einer lachenden Clarissa.

„Ach, das ist doch gar nichts mehr. Ich hatte früher mehr. Aber mit dem Alter lernt man loszulassen." Sie sieht mich streng an. „Alles. Jeden Ballast, der dich nach unten zieht. Alle Menschen, die dir nicht guttun. Süße, das Leben ist zu kurz, um lang zu trauern. Vergiss den Kerl, such dir einen anderen. Und werde *glücklich*. Du hast es verdient, nicht immer nur die Menschen um dich herum. Ich sage nicht, dass du in den Tag hinein leben sollst. Aber da draußen ist ein Mann, der dich verdient. Und der dich will, was auch immer geschieht. Wir werden ihn finden, da bin ich ganz sicher. Jeder andere ist es nicht wert."

Ich würde ihr gern zustimmen, wirklich. Bloß – noch kann ich nicht. Bis jetzt hängt mein Herz viel zu sehr an dem einen Mann, der es nie gewollt hat.

„Also, welche Farbe darf es heute für dich sein? Wie wäre es mit einem knalligen Rot, um der Welt zu zeigen, dass du da bist und gesehen werden willst?"

Sie hält mir ein bodenlanges, tiefrotes Paillettenkleid hin, in das ich mich direkt verliebe.

Hallo Welt, denke ich, als ich es wenig später trage und mich im Spiegel sehe, *ich bin da. Und ich werde nicht eher gehen, bis du mich siehst.*

Und es ist egal, dass ich an diesem Abend gefühlt nur Menschen kennenlerne, die älter sind als meine Mutter. Ich fühle mich wunderbar, genieße den Abend und denke nicht ein einziges Mal an meinen Liebeskummer.

Nicht zuletzt wegen Clarissa und Fernando, die mit mir über jedes Bild in der Ausstellung reden und meine ehrliche Meinung hören wollen.

Ich kann sonst kaum etwas mit Kunst

anfangen, so bunt sie auch ist und damit dem entspricht, was ich am liebsten in meinem Leben schaffe: alles bunt machen, es ausmalen, ihm Farbe geben.

Aber heute schafft es die Kunst, dass ich mich gut fühle, glücklich bin. Auch ohne Bobby.

Oder vielleicht gerade deswegen.

Kapitel 7

08. Dezember 2016

Es ist einer der wenigen Abende seit „der Hochzeit", an dem Ella mit mir zusammen an einem der hinteren Tische im *Viper* sitzt. Für alle ist es immer noch DAS Ereignis des Jahres. Und Ella strahlt weiterhin mit der Sonne um die Wette. Obwohl sie sich weigert, Viper standesamtlich und damit rechtlich bindend zu heiraten.

„Es ist schrecklich, oder?", fragt sie und nippt an ihrem Cocktail. „Ich meine, irgendwie kleben Viper und ich ständig zusammen. Aber wir gehen uns nicht auf den Geist." Sie klingt erstaunt.

„Alles gut", sage ich und fühle mich wie eine Betrügerin. Denn meine beste Freundin fehlt mir. Nichtsdestotrotz liegt mir nichts ferner, als ihr ein schlechtes Gewissen zu machen, weil ich mich vernachlässigt fühle. Immerhin treffen wir uns weiter einmal die Woche hier. Nur die Abende „auswärts" sind weniger geworden.

„Habt ihr schon Pläne für Weihnachten und Neujahr?", versuche ich, das Thema zu wechseln.

„Wir wollen für die Tage zwischen den Jahren ans Meer fahren, ein bisschen abschalten. Flitterwochen hatten wir ja noch keine und das ist quasi die kleine Variante."

„Wann heiratest du ihn richtig? Ich meine, das soll doch kein Dauerzustand sein, oder?"

„Ich weiß es nicht", antwortet Ella leise. „Eigentlich wollte ich gar nicht heiraten und dann ging alles so schnell. Noch dazu war es so chaotisch. Und ich habe Angst, dass er sich das nicht überlegt hat. Dass er die Entscheidung irgendwann bereut."

„Ach Ella." Ich nehme sie in den Arm und drücke sie für einige Sekunden fest an mich. Ich bin froh, dass sich der Ärger, der wie ein Hurrikane über mich kam, bald wieder gelegt hatte. Typisch Ella – immer darauf bedacht, dass es allen anderen gut geht. „Der Kerl liebt dich, seit du in seinen Laden spaziert bist. Der wird sich das nicht anders überlegen. Wenn es ein Paar gibt, bei dem ich an die ewige Liebe glaube, dann seid ihr beide das."

Sie wischt sich über die Augenwinkel und ich muss lächeln. Dann gleitet mein Blick zur Theke, und ich sehe Bobby, wie er eine mir unbekannte Frau umarmt. Zu lang für meinen Geschmack. Ich richte den Blick wieder auf Ella, allerdings nicht schnell genug. Sie folgt der Richtung und wirft mir ein Lächeln zu.

„Rede endlich mit ihm. Das kann sich keiner mit ansehen bei euch."

Ich lache. Ich lache richtig, beinahe hysterisch, bis mir Tränen in den Augen stehen und die Gäste um uns herum sich zu uns umdrehen. Selbst Bobby's Augen kann ich auf mir spüren.

„Nein, das werde ich nicht tun. Ich bin altmodisch. Er soll den ersten Schritt machen."

Wir sehen beide zu ihm. Und wir beide sehen, wie er und die Frau wieder die Köpfe zusammenstecken.

„Mona, ich liebe dich wie die Schwester, die ich nie hatte, aber immer haben wollte. Nur, ganz ehrlich – rede mit ihm. Sonst ist es vielleicht zu spät."

Ich hebe mein Glas an die Lippen, um einen Schluck zu trinken und noch wichtiger, um Zeit für eine Antwort zu haben. Dann werfe ich wieder einen Blick zu Bobby – ich kann es einfach nicht lassen! – und sehe, wie jetzt Laura ihm um den Hals fällt, ihm einen Kuss auf die Wange drückt.

Okay, das war's. Ich stelle mein Glas ab, weil sich mir der Magen umdreht, und kneife fest die Augen zusammen.

Wenn ich vorgebe, ich hätte nichts

gesehen, dann ist es auch nicht passiert.

Das ist es, was ich mir einzureden versuche.

Nur funktioniert es nicht. Natürlich nicht.

Als ich dann auch noch das Mitleid in Ella's Augen sehe, kaum, dass ich meine wieder öffne, ist es ganz vorbei, der Abend vollends gelaufen.

„Es tut mir leid, aber ich gehe lieber nach Hause." Ich wühle in meiner Handtasche nach dem Geldbeutel und lege schließlich einen Zehner auf den Tisch. „Kannst du bitte für mich zahlen? Es ist besser, wenn ich jetzt gehe."

Sie greift nach meiner Hand und hält mich zurück, bevor ich aufstehe.

„Da läuft nichts zwischen den beiden. Laura ist glücklich mit René. Die beiden sind nur Freunde. Und du *weißt* das."

„Es ändert nichts daran, dass er mich nicht sieht. Das war immer so und das wird auch immer so bleiben. Ist dir aufgefallen, dass sie ihn nicht Bobby nennt, wie alle anderen, sondern Alexander? Sie ist die Einzige, die ihn bei seinem echten Namen nennt. Und jetzt komm' mir nicht damit, dass sie das bei allen so macht. Sie nennt uns *alle* bei unseren Spitznamen. Du bist Ella, Sebastian ist Viper und ich bin Mona für sie. *Sie macht es bei allen.* Nur nicht bei Bobby. Mir ist egal, ob bereits etwas zwischen den beiden läuft oder es sich erst anbahnt. Es ist jetzt schon anders als bei ihm und mir. Du musst nur hinsehen. Ich kann das nicht ignorieren. Und für heute habe ich keine Kraft mehr so zu tun, als sei alles okay."

Ella schaut mich lange an, lässt meinen Blick nicht los. „Er hilft ihr nur. Ich kann dir nicht sagen, wobei, das muss Laura selbst tun. Aber da ist nur Freundschaft zwischen den beiden und viel Dankbarkeit von ihrer Seite. Ich habe es Sonntag erst wieder beim Frühstück gehört."

Mir klappt der Kiefer herunter und im nächsten Moment schlägt sich Ella die Hand vor den Mund, hat Tränen in den Augen und bittet mich stumm um Entschuldigung.

„Sag mir nochmal, dass da nichts ist. Dass ich nicht vermissen soll, was ich nie hatte, wenn *ihr vier* längst euer eigenes Ding macht, ohne das fünfte Rad am Wagen. Schon klar, ich habe verstanden. Dann viel Spaß noch." Ich zische beinah und kämpfe ebenfalls mit den Tränen.

Verraten. Von den Menschen, die mir am meisten bedeuten.

Warum?

So unauffällig wie möglich versuche ich, zum Ausgang zu gelangen. Ich habe die Tür beinahe erreicht, als ich ein „Weib, ich glaub' ich liebe dich" von Bobby höre.

Nur meint er nicht mich. Über meine Schulter sehe ich, wie er Laura auf die Stirn küsst.

Laura, die ohne sich selbst zu kasteien so schlank ist, wie ich nie sein werde.

Laura, die mit ihren langen, blonden Haaren perfekt zu ihm passt.

Laura, die mit ihren warmen, braunen Augen so unschuldig wirkt wie ein Rehkitz.

Laura, die einfach zu süß und zu nett ist, um sie hassen zu können.

Laura, die mir einen erschrockenen Blick zuwirft, als sie mich bemerkt. Oder vielleicht hat sie auch gehört, wie ich entsetzt nach Luft geschnappt habe.

Laura, vor der ich weglaufe, um an die Luft zu kommen. Bloß raus hier.

Ich werfe keinen Blick zurück, will nicht wissen, ob Bobby mich ebenfalls bemerkt hat.

Ich habe mich immer gefragt, woher die Leute wissen, dass ihr Herz bricht. Heute weiß ich es. Ich kann es fühlen. Jeden einzelnen Riss, der sich langsam immer tiefer durch mein Herz frisst. Jede kleine

Ecke, die herausbricht und zu Boden fällt. Jeden Tropfen Blut, der hervorquillt und mich schwach und kraftlos zurücklässt.

Heute habe ich etwas verloren, das ich nie hatte. Was nichts daran ändert, dass ich kaum mehr Luft bekomme und das Gefühl habe, an dem Schmerz zu ersticken. Dass mein Herz mit jedem Schlag mehr und mehr zerspringt. Ein Teil von mir bleibt in diesem verdammten Laden zurück. Und ich weiß, dass ich ihn nie wiederbekommen werde. Dass der Herzschmerz mich für immer verändern wird. So wie er es schon bei dem Kuss tat.

Endlich draußen angekommen – wer zur Hölle hat hier zwei Türen eingebaut? – habe ich doch noch Glück heute. Irgendwer scheint mir gewogen zu sein, denn dort hält in diesem Moment ein Taxi, aus dem zwei Leute aussteigen.

„Sind Sie noch frei?" Ich warte gar nicht erst auf eine Antwort des Fahrers, sondern lasse mich auf den Rücksitz fallen, schließe die Tür hinter mir und nenne ihm meine Adresse.

Je eher ich hier wegkomme, desto besser.

Bevor ich zu Hause angekommen bin, habe ich meine Schichten für die nächsten Tage getauscht, Urlaub eingereicht und wähle die einzige Telefonnummer, die ich nicht eingespeichert habe, weil ich sie auswendig kenne.

„Kann ich dich für ein paar Tage besuchen kommen?" Mehr brauche ich nicht zu sagen. Auf der anderen Seite kommt nur ein promptes, kräftiges „ja" und schon tutet es wieder in der Leitung.

Aufgelegt.

Aber es ist auch alles gesagt.

Und genau dafür liebe ich meine Mutter. Ich muss nichts erklären, ich weiß, dass ich jederzeit willkommen bin und Zeit habe, bis ich reden will.

Als ich auflege, sehe ich die Benachrichtigung meiner Mailbox: Zwei neue Nachrichten.

Es ist ein Reflex, die Nachrichten anzuhören, die erste von Laura.

„Mona, bitte, es ist nicht so, wie es aussah. Alex hat ..."

Was immer sie weiter sagt, ich will es nicht hören. Ich lösche die Nachricht, während ich aus dem Taxi steige.

Die zweite höre ich mir gar nicht erst an.

Kurz vor meiner Wohnungstür klingelt das Handy erneut, es leuchtet mir Bobby's Name auf dem Display entgegen. Begleitet von einem neuen Schwall Tränen lehne ich den Anruf ab, schalte das Telefon aus und lasse es in meiner Tasche verschwinden.

Zeit, meine Koffer zu packen. Bevor die Eifersucht mich noch weiter verändert und mich zu jemandem macht, dem ich im Spiegel nicht mehr in die Augen schauen kann.

Kapitel 8

30. Dezember 2016

Die Tage oder besser Wochen bei meiner Mutter sind viel zu schnell vergangen. Meine Chefin war erst nicht begeistert, dass ich direkt so viel Urlaub nachgeschoben habe, aber da ich sonst immer verfügbar bin und als Springer zu jeder Schicht antrete, selbst an den verkaufsoffenen Sonntagen arbeite, hat sie zugestimmt. Und auch, weil ich versprochen habe, dafür im ersten Halbjahr des neuen Jahres keine Brückentage zu nehmen.

Aber ich habe diese Zeit wirklich gebraucht. Ich habe nichts unternommen, mich nur in der Wohnung versteckt und meine Wunden geleckt.

Es tat gut, sich um nichts kümmern zu müssen. Meine Mutter hat mich verwöhnt, wo es nur ging. Anders als sonst, aber ich glaube, sie hat gemerkt, dass es mir nicht gut geht, ohne, dass ich etwas sagte.

Ich weiß nicht mehr, wie viele Nächte ich durchgeweint habe, wie oft ich tagsüber Tränenflecken auf den Seiten der Bücher und Zeitschriften in meinen Händen gesehen habe. Wie oft ich sie vom Handydisplay gewischt habe.

Laura hat unzählige Male versucht, mich zu erreichen, doch ch bin nie ans Telefon gegangen und ich habe sie nicht zurückgerufen. Kindisch? Vielleicht. Aber ich brauchte die Zeit für mich.

Bobby hat es nach dem einen Anruf nicht nochmal versucht.

Ella hat mir immer wieder geschrieben. Aber sie ist auch die Einzige, die wusste, wo ich bin. Sie hat versprochen, sich um meine Blumen und den Briefkasten zu kümmern.

Jetzt sitze ich hier, im Wohnzimmer meiner Mutter, starre aus dem Fenster in den sonnigen Himmel. Es mutet seltsam an für einen Tag Ende Dezember. Und für einen Tag, an dem mein Herz immer noch schmerzt. Am meisten tut weh, dass ich mein Lachen verloren habe.

Das Handy in meiner Hand klingelt. Ich runzele die Stirn, als ich Viper's Namen aufleuchten sehe und gehe mit Herzklopfen ran.

„Ist was mit Ella?", frage ich ohne Umschweife und halte den Atem an, bis ich sein Schnauben höre.

„Nein, mit Ella ist alles in Ordnung", sagt er. „Aber wir machen uns Sorgen um dich. Alle. *Wirklich alle*, hast du das verstanden?"

Ich schließe die Augen und atme einmal tief durch.

„Schön, dass du das sagst, aber ich weiß, dass es nicht so ist."

„Verdammt Mona, du weißt, dass es nicht ernst gemeint war von ihm! Nicht so jedenfalls, wie du es verstanden hast."

Dass er weiß, was mir so zusetzt, zeigt ja nur, dass sie alle darüber gesprochen haben. Ohne mich, natürlich.

Du gehst ja auch nicht ans Telefon und versteckst dich seit Wochen in Berlin, zischt mir meine innere Stimme zu. Die kann mich mal. Ich habe jedes Recht, mich einfach mal *auszuruhen.* Von *verstecken* kann keine Rede sein!

„Viper, ehrlich, ich will nicht darüber reden. Nicht über das, was er gesagt hat und auch nicht darüber, warum ich ausgeschlossen werde."

„Wir schließen dich nicht bewusst aus. Wir haben uns zufällig getroffen."

„KLAR DOCH!", keife ich ihn an. „Deswegen hat Ella ja auch ein schlechtes Gewissen, richtig? Weil es ZUFALL war, dass ihr zu viert unterwegs seid und ich raus bin. Schon klar. Ganz ehrlich, Viper? Verarsch bitte wen anders, aber nicht mich. Dazu kennen wir uns zu lang."

Er schweigt eine Weile und ich beruhige mich langsam wieder. Es tut weh, mit meinen Freunden so im Klinsch zu liegen.

Das bin nicht ich, das will ich nicht sein.

„Mona, rede mit Alex, bitte. Und mit Laura, es gehen Dinge ab, von denen sie dir selbst erzählen muss."

„Tja, weißt du Viper, das hat mir deine Frau auch gesagt. Ich will euch aber nicht hinterherlaufen wie ein oller Schoßhund und darum betteln, dass man mich *auch* ins Vertrauen zieht. Sie scheint ihre Gründe zu haben, warum *alle* informiert sind, nur ich nicht. Passt schon."

„BEWEG DEINEN HINTERN NACH HAMBURG UND KLÄR' DAS MIT DEN BEIDEN!", brüllt er zurück und ich zucke zusammen.

Ich habe ihn noch niemals brüllen hören, er ist immer ruhig und besonnen. Ich meine, dieser Mann arbeitet mit problematischen Jugendlichen und leitet eine Bar, in der es noch nie zu einer Schlägerei kam. Eben weil er ruhig und besonnen ist und niemals laut wird. Aber es gibt für alles ein erstes Mal.

„Es tut mir leid", schiebt er direkt seufzend nach. „Ich werde hier noch irre, weil alle zu mir kommen, anstatt miteinander und mit dir zu reden. Komm nach Hause, Mona. Es wird Zeit."

„Ich komme bald, ich muss im Januar wieder arbeiten. Aber ich weiß noch nicht, wann ich wieder in die Bar kommen kann, ehrlich."

„Okay. Ich soll dir von Ella ausrichten, wenn du dich nicht bis Mitte Januar blicken lässt, dann habe ich den Auftrag, höchstpersönlich dafür zu sorgen, dass du deinen Hintern in die Bar bewegst."

Sich vorzustellen, wie das ablaufen wird, ist nicht schwer. Also fasse ich mir ein Herz. „Ich werde da sein. Aber bitte keinen Volksauflauf veranstalten."

Wir verabschieden uns, ich lege auf und schaue wieder aus dem Fenster. Eine kleine Wolke schiebt sich vor die Sonne und hat es ziemlich eilig, von dort wieder zu verschwinden. Scheint windig zu sein heute. Es gibt keine Bäume vor dem Fenster im vierten Stock, an denen ich das prüfen könnte.

Aber es gibt auch Wichtigeres. Wie zum Beispiel den Teller mit dem Stück Torte, den mir meine Mutter vor die Nase hält.

„Schon wieder Kuchen?", frage ich und nehme den Teller. „So viel Sport kann ich gar nicht machen."

Sie lässt sich mir gegenüber in den Sessel sinken und sieht mich schweigend an. Nach längerer Zeit atmet sie laut aus.

„Weißt du, mir war Aussehen immer unglaublich wichtig, es hatte ständig oberste Priorität. Dann kamst du auf die Welt und ich hatte für nichts mehr Zeit. Ich habe mich selbst gehen lassen und dadurch ein Stück weit verloren. Ich habe unfassbar viel mit dir gewonnen, das war es definitiv wert", sagt sie und lächelt mich warm an. „Aber ich fürchte, dass ich dir zu viel davon mitgegeben habe. Zu viel davon, dein Aussehen über alles zu stellen. Aussehen ist nicht wichtig."

„Das weiß ich doch, Mama", versuche ich sie zu unterbrechen, aber sie winkt nur ab.

„Hör mir bitte einfach nur mal für einen Moment zu. Du hast als Kind gegessen, was auch immer du wolltest und je größer du wurdest, umso mehr hast du angefangen, dich selbst einzuschränken. Ich weiß nicht, ob es daran lag, dass ich dich auf die Schönheitswettbewerbe mitgenommen habe, als ich versucht habe, mich selbst wiederzufinden und du einen falschen Eindruck davon bekommen hast, wie man als *Frau* leben sollte. Oder ob ich das zu Hause zu sehr durchgezogen habe, ob ich dir mal gesagt habe, dass du Dinge verbessern, anders machen musst. Vielleicht hätte ich dir einfach öfter sagen sollen, dass du perfekt bist, wie du bist."

Ich merke erst, dass ich weine, als sie sich vorbeugt und mir über die Wange streicht.

„Monique, du bist perfekt, egal wie viel

oder wie wenig Kuchen du isst. Hör auf, jemand sein zu wollen, der du nicht bist. Du bist es, die mir beigebracht hat, wie ich mit meinen Klamotten und meinem Make-up das Beste aus mir herausholen kann, wie ich damit unterstreiche, wer *ich* bin. Und du hast mir verdammt viel über Parfum beigebracht." Wir müssen beide lachen. „All das ist so viel mehr wert, als auf Kuchen, Pommes und sonst was zu verzichten. Fang endlich an, dein Leben in vollen Zügen zu genießen. Ich weiß nicht, wer der Kerl ist, der dir so weh getan hat. Aber ich weiß, dass er es nicht wert ist. Wenn er dich so zum Weinen bringt, dann ist er es nicht wert."

Ich sehe sie an und schluchze laut auf. „Er hat mich geküsst, und dann einer anderen gesagt, dass er sie liebt."

Damit ist der Knoten geplatzt und ich erzähle meiner Mutter alles. Davon, wie verliebt ich quasi schon immer in Bobby war. Wie gut wir uns verstanden haben. Seine Einkaufslisten, um mich öfter zu sehen. Die gemeinsamen Abende im *Viper*. Ella's Hochzeit, unser Kuss, wie alles danach komisch wurde. Und dann der Abend, als meine Welt zusammenbrach.

Es sind gefühlte Stunden, in denen sie mir gegenüber sitzt und sich meine

Geschichte anhört, einfach nur da ist.

Irgendwann wird es draußen immer dunkler und sie steht auf, als ich fertig bin.

„Ich weiß, was dir helfen wird. Wir gehen morgen Abend ins Casino und feiern ins Neue Jahr. Pech in der Liebe, Glück im Spiel oder so heißt es doch, nicht? Und damit du auch wirklich Glück hast, weiß ich genau, wen wir mitnehmen."

Ich sehe ihr mit gerunzelter Stirn zu, wie sie in ihrem altmodischen Telefonbuch blättert und anschließend lächelnd die Ziffern in ihr Telefon tippt.

„Wen?", frage ich, weil mir absolut niemand einfällt.

„Deinen besten Freund", sagt sie und als es Klick macht, ich weiß, wen sie meint, schleicht sich Millimeter für Millimeter ein Lächeln auf meine Lippen.

Dafür liebe ich meine Mama. Von ganzem Herzen.

„Jetzt iss den Kuchen, Mäuschen, damit du endlich was auf die Rippen bekommst. Ich sage es nur ungern, aber du bist viel zu dünn", beendet sie ihren Vortrag und wendet sich wieder dem Telefon zu.

Noch nie hat ein Stück Kuchen so gut geschmeckt wie jetzt, da bin ich mir sicher.

Kapitel 9

31. August 2017

Ein neuer Donnerstag. Der erste Donnerstag, nachdem Ella und Viper gestern aus ihren Flitterwochen zurückgekommen sind.

Ich bin so stolz auf die beiden, dass sie tatsächlich noch geheiratet haben, hier in der Bar, mit einem Standesbeamten. Einem echten. Ein Jahr nach dem Hochzeitsdebakel in der Kirche.

Ein neuer Donnerstag, an dem die Stimmung zwischen Bobby und mir seltsam ist. Ich weiß nicht, woran es liegt. Nachdem ich im Januar wiedergekommen bin, haben wir zwar wieder miteinander gesprochen, aber nur Höflichkeiten und Nichtigkeiten ausgetauscht.

Kein Wort darüber, was passiert ist. Kein Wort über das, was zwischen uns war oder auch nicht.

Zwischen ihm und Laura ist nichts, das hat sie mir glaubhaft versichert. Sie ist immer noch glücklich mit ihrem René. Ich habe Bobby auch nicht mehr mit einer anderen Frau gesehen. Aber er ist mir gegenüber weiterhin verschlossen.

Nicht, dass ich ein offenes Buch wäre. Nicht mehr. Es ist einfach zu viel passiert.

Und in der Zeit, in der er die Bar allein geführt hat, war es noch schlimmer. Ich hoffe, dass wir wieder zum Normalzustand zurückkehren, jetzt, wo die beiden Turteltauben zurück sind und er nicht mehr alle Verantwortung allein trägt.

„Hey!" Ella kommt wie ein kleiner Wirbelwind hereingeschossen und fällt mir um den Hals. „Ich habe dich sooo vermisst!"

Wir drücken uns fest und ich will sie gar nicht mehr loslassen. Doch dann steht Viper hinter ihr und macht mit bei unserem Gruppenkuscheln.

„Ich hoffe, ich konnte dich halbwegs ablenken", flüstert er ihr ins Ohr. Allerdings nicht leise genug, als dass ich ihn nicht hörte.

Ella wird vor meinen Augen knallrot und stößt ihn mit dem Ellbogen in die Seite. „Du bist echt unglaublich, weißt du das?", zischt sie und gibt ihm sofort einen Kuss auf die Wange.

Es scheint, als seien die beiden noch enger zusammengewachsen. Als wären sie endlich bei sich angekommen, beieinander. Nicht, dass sie vorher nicht schon eng miteinander waren. Doch das Gefühl bleibt, dass sich etwas merklich verändert hat. Ich kann nur nicht den Finger drauflegen, was es ist.

Wir unterhalten uns lange, die beiden berichten von all den Sehenswürdigkeiten, die sie auf ihrer Tour durch Europa gesehen haben. Wobei Ella weitaus mehr erzählt als Viper, der die meiste Zeit nur breit grinsend vor dem Tresen sitzt und Ella im Arm hält. Er scheint sie nicht loslassen zu können.

Irgendwann löse ich die Augen von meiner strahlenden besten Freundin und treffe Bobby's Blick. Der mit einem Mal so anders ist als sonst. Intensiver. Als versuchte er herauszufinden, ob ich den beiden ihr Glück gönne. Und was ich mir für mich selbst wünsche.

Ich leere mein Glas und entschuldige mich, um zur Toilette zu gehen. Ella folgt mir und berichtet immer weiter über den wundervollen Urlaub. Ich gönne es ihr von Herzen. Wegen der Bar sind die beiden noch nie länger zusammen weggefahren. Vielleicht aber auch, weil Viper sich weigerte, einen anderen Urlaub als die Flitterwochen anzutreten, so sicher bin ich mir da nicht.

Soweit ich mich erinnere, sind die beiden nur mal bei ihren Eltern gewesen. Urlaub geht anders. Und plötzlich fühle ich mich müde. Ich brauche selbst eine Auszeit. Seit meiner Zeit in Berlin im Dezember hatte ich nie mehr als drei Tage hintereinander frei, was eindeutig zu wenig ist.

Wir kommen gemeinsam zurück und finden Viper hinter der Theke stehend.

„Der Chef kann nicht noch einen Tag länger aussetzen, was?", scherze ich und wir lachen. Selbst Bobby trägt ein Grinsen im Gesicht.

„Der hat schon gestern Abend reingeschaut und wieder Bier gezapft", sagt Bobby und schiebt mir ein neues Glas Limo rüber. Ich lächele ihn an, er lächelt zurück und im nächsten Moment verschwindet sein Lächeln, als Laura neben uns auftaucht.

„Ich bin zu spät, das tut mir leid", keucht sie und nimmt uns alle nacheinander in den Arm.

Ohne es zu wollen, zähle ich die Sekunden bei jedem Einzelnen mit. Sie umarmt Bobby ebenso lang wie alle anderen, aber es kommt mir vor, als müsste sie sich gewaltsam von ihm losreißen.

Sie kann nichts dafür, aber meine Stimmung sinkt in den Keller. Ich komme einfach nicht dagegen an.

Als sie mich in den Arm nimmt und feste drückt, versteife ich mich, ohne es zu wollen.

„Mona, wir sollten das endlich klären. Ich weiß, dass du ihn liebst. Da ist nichts zwischen Alex und mir. Wirklich nicht."

Ich komme nicht gegen die Eifersucht an. Die beiden sind sich für meinen Geschmack zu nah und ich verstehe es nicht, weil sie alle informiert hat, nur mich nicht. Noch dazu ist er so anders mir gegenüber. Immer noch verschlossen. Warum spricht er nicht mit mir und nimmt mir meine Angst?

„Da kommt Ärger rein", unterbricht Viper meine sich schwärzenden Gedanken und mein Blick huscht zur Tür. Kaum als ich sehe, wen er meint, bleibt mir beinah das Herz stehen und ich glaube, ohnmächtig zu werden. Vor lauter Schreck verschlucke ich mich und Ella – ganz Krankenschwester – klopft mir auf den Rücken.

„Der macht keinen Ärger", bringe ich gerade so heraus, bevor der neue Gast mich entdeckt und breit grinsend direkt auf mich zusteuert.

Ich kann verstehen, warum Viper ihn im Auge behält.

Ich kann verstehen, warum Bobby ein zweifelndes „Bist du dir sicher?" entgegnet und immer wieder zwischen ihm und mir hin und her blickt.

Denn Sascha sieht aus wie ein Schwerverbrecher. Er trägt eine abgewetzte Jeans, schwere Boots an den Füßen, ein abgegriffenes Shirt mit kurzen Ärmeln, unter denen die Tattoos auf seinen Armen deutlich zu sehen sind. Die braunen Locken fallen ihm wild ins Gesicht, als wäre er eben durch einen Sturm gelaufen, und hätte nicht einmal die Zeit gehabt, sie mit der Hand zu glätten. Seine Wangen und das Kinn werden von dichten, dunklen Bartstoppeln bedeckt. Und sein Blick erst. So freundlich er auch in meine Richtung geht, so abschätzig sieht er alle anderen an. Selbst sein Gang wirkt mehr als nur selbstsicher. Er durchquert die Bar, als gehöre sie ihm. Als wären wir anderen nichts weiter als Fußvolk. Und womöglich sind wir das. Verglichen mit diesem Schrank von einem Kerl sehen die anderen Männer hier wie Jungs aus, obwohl er kleiner ist als ich. Aber er ist verdammt durchtrainiert. Selbst Viper und Bobby, die beide trainiert, wenn auch nicht aufgepumpt sind, kommen nicht dagegen an.

Sein Schritt wird schneller und er reißt mich in seine Arme, sobald er mich erreicht.

„Ich habe dich vermisst", sagt er laut genug, dass alle ihn hören, und drückt mich so fest, dass ich kaum Luft holen kann.

„Und wer genau bist du?", fragt Bobby und ich kann das Knurren in seiner Stimme deutlich hören, was mich zusammenzucken lässt. Ich will mich von Sascha lösen, eingreifen, bevor die Katastrophe passiert, aber er hält mich weiter fest und, ehe ich

Luft holen kann, antwortet er: „Ihr Ehemann. Und du?"

Das Schweigen um mich herum sagt mir, dass er es in der Tat *laut* ausgesprochen hat. Ich lasse den Kopf gegen seine Schulter fallen und versuche mich zu verstecken. Sinnlos.

Die Bombe ist geplatzt. *Ups*.

„Ehemann, ja?" Ella findet als Erste ihre Stimme wieder. „Und seit wann seid ihr verheiratet?"

Sascha lacht, ich spüre das Rumpeln mehr an meiner Stirn, als dass ich es höre.

„Wir haben im Januar geheiratet. Ganz unter uns. Wir hatten es eilig."

Und damit hat er die Büchse der Pandora vollends geöffnet. Verdammt.

„Eilig, ja?" Ella zischt jetzt. „Interessant. Und nur unter euch? Wunderbar. Dabei wollte Mona doch immer DIE riesen Hochzeit, die sie vor einem Jahr heimlich für mich geplant hat. Scheint ja genau dein Ding zu sein, geheime Hochzeiten."

Damit dreht sie sich um und verlässt die Bar durch die Hintertür, ab nach oben in ihre Wohnung.

Ich würde ihr gern folgen, möchte ihr gern erklären, warum. Aber ich kann nicht. Und als ich aufblicke, Bobby's Blick mich trifft, würde ich gern im Boden versinken. Oder die Zeit zurückdrehen. Oder einfach an einem anderen Ort sein.

Er ist enttäuscht.

Gut gemacht, Mona. Sehr gut.

„Lass uns gehen", sage ich zu Sascha, nehme seine Hand und ziehe ihn mit mir nach draußen. Erst kümmere ich mich um ihn. Und dann versuche ich, meine Freundschaften zu retten.

Oder das, was davon übrig ist.

Kapitel 10

07. September 2017

Können wir heute reden?

Das war meine Frage heute Morgen, vor dem ersten Kaffee, in die Nachrichtengruppe, in der es letzte Woche erschreckend still war. Ich kann es verstehen, denn die Bombe, die Sascha so meisterhaft hat platzen lassen, war laut genug.

Meine Mittagspause ist gleich vorbei und immer noch keine Antwort, von niemandem. Dabei haben alle die Nachricht gelesen, ich habe eben nochmal nachgesehen. Wie schon viel zu oft in dieser halben Stunde.

In dem Moment, als ich mein Handy wieder in meinen Schrank packen will, leuchtet das Display mit einer Antwort auf.

Viper: *Es ist Donnerstag.*

Tja, was frag' ich auch. Manche Dinge sind in Stein gemeißelt.

Meine Hand zittert, als ich nach dem Griff an der roten Tür fasse, um das *Viper* zu betreten. Ich bin viel zu nervös, habe Angst vor dem, was auf der anderen Seite auf mich wartet.

Auf uns, verbessere ich mich, denn Sascha begleitet mich. Wir werden uns dem zusammen stellen. Müssen. Dabei haben wir auch noch nichts geklärt. Ich habe ihn letzte Woche gebeten, in ein Hotel zu gehen und mich komplett zurückgezogen.

„Wird schon nicht so schlimm werden", lacht er neben mir, als wir die zweite Tür hinter uns lassen und den Gastraum betreten. Wie jedes Mal bin ich geflasht von der genialen Farbkombination. Dunkler Boden, helle Wände, gemütliche Sessel in rot und braun, eine Theke aus mattweißen Glasbausteinen. Versetzt mit dem Highlight, das der Bar ihren Namen verpasst hat: eine grüne Viper zwischen den weißen Steinen.

Bobby sieht von der Theke auf, registriert uns, verzieht das Gesicht und wendet sich direkt einem Paar am anderen Ende des Tresens zu.

„Okay, womöglich wird es doch schlimm", bemerkt Sascha und legt mir die Hand auf den Rücken. Falls er mir damit Stärke vermitteln will, reicht es leider nicht. Bobby's Blick hat Bände gesprochen, so kurz er auch war.

Nach und nach trudeln alle ein. Ella kommt noch vor Viper, was mich für einen Moment verwirrt, weil sie sonst überall zusammen ankommen. Nach einer gefühlten Ewigkeit übernimmt Chloé, eine junge Studentin, den Tresen und auch Bobby kommt zu uns.

„Du willst reden?", eröffnet Ella das Gespräch. Bis dahin haben wir uns angeschwiegen.

„Kommt Laura nicht?", frage ich, um einen Einstieg zu finden, oder um Zeit zu gewinnen.

„Ach, auf einmal willst du sie dabeihaben?" Bobby sieht mich nicht an, dafür ist sein Tonfall schneidend.

„Hey, langsam", geht Sascha dazwischen und ich bin ihm dankbar. „Ich verstehe ehrlich gesagt nicht, warum alle so angespannt sind."

„Da frag mal deine *Frau*." Wieder Bobby.

„Darum geht's?" Sascha lacht. Er *lacht* tatsächlich. „Bist du eifersüchtig?"

Zum ersten Mal hebt Bobby den Blick und sieht zwischen Sascha und mir hin und her.

„Nein, ist er nicht", werfe ich ein, bevor es zwischen den beiden hochkocht. *War er nie und wird er nie sein*, denke ich.

„Woher willst du das wissen?", fragt Ella und zieht damit alle Blicke auf sich. „Jetzt mal ehrlich, wann habt ihr zwei jemals offen über das gesprochen, was zwischen euch abgeht?"

Keine Antwort. Weder von mir, noch von

Bobby. Ich werde ganz sicher nicht den Anfang machen.

„Selbst wenn, das wäre jetzt doch auch egal, oder?", kommt von Sascha. „Ich meine, er hatte seine Chance und genutzt hat er sie offensichtlich nicht. Was soll jetzt also der Aufstand? Und wenn ich Monique richtig zugehört habe – wovon ich ausgehe, weil es unser Leben lang so war – dann reden wir nicht erst seit einer Woche von einem Problem. Was auch immer zwischen euch beiden abgeht, was auch immer dein Problem ist, Bobby, das hat schon vorher angefangen, oder?"

„Nenn' mich verdammt nochmal nicht Bobby, sondern Alexander. Bobby steht nur Freunden zu. Ganz davon ab, seit wann magst du es bitte, *Monique* genannt zu werden?", richtet er sich direkt an mich.

„Er hat mich schon immer so genannt", quetsche ich mühsam hervor.

„Warum hast du uns nichts gesagt?", ergreift Ella das Wort und sieht mich traurig an. „Ich meine, du hast immer von einer riesigen Hochzeit geträumt und dann tauchst du ab, meldest dich kaum mehr und kommst plötzlich wieder – *verheiratet!* – verlierst uns gegenüber aber kein Wort darüber. Monate lang! Und jetzt komm' mir nicht damit, dass sich seit *unserer* Hochzeit", sie zeigt zwischen Viper und sich hin und her, „alles verändert hat, denn das hat es nicht! Ich weiß nicht, was bei euch beiden abgeht, aber ich weiß, dass es die ganze Gruppe verändert hat."

„Nichts geht ab", versuche ich es, aber Bobby unterbricht mich.

„Natürlich geht nichts ab! Wie denn auch? Du gehst und heiratest mal eben einen Fremden!"

„Stopp mal, Monique und ich sind schon zusammen in den Kindergarten gegangen. Ich bin vieles, aber ganz sicher nicht fremd!"

„Wunderbar, eine *Kindergartenehe*", giftet Bobby. „Dann wissen wir ja alle, was wir davon zu halten haben. Und, wann hast du ihr den Antrag gemacht?"

„Das spielt doch keine Rolle!", gehe ich dazwischen.

„Nein?" Bobby sieht mich wütend an. „Warum spielt es keine Rolle? Weil *du* nicht darüber reden willst?"

„Reden? Seit wann *reden* wir beide wieder miteinander? Du bist es doch, der mir seit Monaten aus dem Weg geht!"

„Ich bin dir noch nie aus dem Weg gegangen!"

„Ach *nein*, natürlich nicht! Du hast mich

nicht wie einen faulen Apfel fallen lassen, *natürlich nicht!*", wird mein Tonfall bissiger. Mein Puls rast und ich bin kurz davor, über den Tisch zu springen, um meine Wut körperlich an ihm auszulassen.

„Wann bitte habe ich dich denn fallen-lassen? Wir waren nie mehr als Freunde!"

„Und warum regst du dich dann auf, wenn ich einen anderen heirate? Was zum Kuckuck ist dein Problem?"

„Er ist nicht gut für dich!"

„Ach, sagt wer? DU? Seit wann kannst du beurteilen, wer gut für mich ist und wer nicht? Du kennst ihn doch nicht mal!"

„Eben! Was sagt das aus, wenn du mit jemandem verheiratet bist, wir aber noch nie von ihm gehört haben? Oder hat sie dir jemals von einem *Sascha* erzählt, Ella?"

Mein Blick ruckt von Bobby zu ihr und ich sehe, wie sie zusammenzuckt und näher an Viper heranrückt, als hätte sie die Befürchtung, dass wir jetzt beide auf sie los-gehen.

„Ich bin mir nicht sicher", versucht Ella zu schlichten, aber wird direkt wieder von Bobby unterbrochen.

„Siehst du, nicht einmal deine besten Freunde kennen *deinen Mann,* haben nie von ihm gehört! Was also soll uns das über diese *Ehe* sagen, hm?"

Sascha greift nach meiner Hand, als mir Tränen in die Augen steigen. Bobby's Blick brennt sich mir quasi ein.

„Wir sollten das Ganze ruhiger klären", kommt zum ersten Mal etwas von Viper.

„Da gibt es nichts zu klären", brummt Bobby. „Sie hat geheiratet, uns nicht das Geringste erzählt, ihren Mann ein halbes Jahr lang vor uns versteckt und wir können sehen, wo wir bleiben."

„Ich habe ihn nicht versteckt", versuche ich es, werde aber direkt wieder unterbrochen.

„Weil du ja immer so offen und ehrlich bist." Bobby's abfälliges Lachen tut mir fast körperlich weh und mir platzt endgültig der Kragen.

„Meine Mama hat die Hochzeit vorgeschlagen, weil wir uns schon ewig kennen und immer wie siamesische Zwillinge waren und wir fanden es eine gute Idee, okay? Also haben wir geheiratet. Warum auch nicht? Wir kennen uns unser Leben lang und es gab keinen Grund, es nicht zu tun!"

„Das ist alles, ja? Mehr muss man nicht tun, um dich zu bekommen? Na dann bitte! Mona, willst du mich heiraten?"

Wie in Zeitlupe sehe ich die Reaktionen meiner Freunde um mich herum. Ella holt zischend Luft, Sascha versteift sich neben mir, Viper richtet sich auf seinem Stuhl auf.

Und ich? Ich nehme all das um mich herum wahr und fühle mich seltsam taub. Besiegt. Er hat gewonnen in einem Krieg, den ich niemals kommen sah.

„Weißt du was?" Wieder steigen mir Tränen in die Augen, aber ich habe keine Kraft mehr, sie nach unten zu kämpfen. „Vielleicht war es falsch, so spontan zu heiraten, vor allem, weil mein Mann sich direkt nach der Hochzeit verkrümelt hat und ich ihn erst letzte Woche wieder zu Gesicht bekommen habe. Ich weiß nicht, wo er war oder warum. Aber ich weiß, dass er zu mir gehört. Ich weiß, dass ich zu ihm *ja* gesagt habe und überzeugt davon war, dass es richtig ist. Und soll ich dir noch was sagen? Auch ein *Antrag* sollte etwas bedeuten und nicht einfach so dahergesagt werden. Ein Heiratsantrag ist das Versprechen, dem Anderen für immer die Treue zu halten, hinter dem Anderen zu stehen, was auch passiert. Mein *Ja* hat etwas bedeutet und auch ein Antrag sollte das. Also tu mir einen Gefallen. Frag mich niemals wieder, ob ich dich heirate! Denn ernst gemeint ist es ja doch nicht."

„Ob ich es ernst meine oder nicht werden wir jetzt ja wohl nie erfahren, oder?" Er grinst nicht mehr, hält aber weiterhin meinen Blick gefangen.

„Doch, ich *weiß* das", sage ich leise und stehe von meinem Platz auf. „Du hast mich in der Kirche geküsst und dann nicht mehr angesehen, konntest es kaum ertragen, mit mir in einem Raum zu sein. Dann hast du einer Anderen gesagt, dass du sie liebst, als ich daneben stand. Sag, was du willst, aber ich *weiß*, dass du es nicht ernst meinst. Nicht mit mir. Weder heute, noch damals."

„Also heiratest du den Nächstbesten, der ja sagt? Nur weil ich einen Fehler gemacht habe?"

Ich schließe die Augen, spüre, wie die ersten Tränen meine Wangen herabfließen und versuche, das aufgeregte Getuschel um mich herum auszublenden.

Sascha legt seine Arme um mich und drückt mich fest an sich, gibt mir einen leichten Kuss auf den Scheitel.

„Dann bin ich froh,", sagt er leise, aber immer noch laut genug, dass auch die anderen drei ihn hören, „dass ich für sie da bin, wenn sie mich braucht. Und ich glaube, wir sollten jetzt gehen."

Ich lasse mich von Sascha nach Hause führen. Vom Weg bekomme ich nichts mit, fühle mich wie betäubt und komme erst wieder zu mir, als ich auf meinem Sofa sitze und er mir eine Tasse in die Hand drückt.

„Das ist warme Milch mit Honig, trink das", sagt er leise und setzt sich neben mich. „Und dann müssen wir uns unterhalten. Dringend."

„Worüber?", frage ich und merke selbst, wie kraftlos meine Stimme klingt.

„Du solltest das mit Alex in einer ruhigen Minute klären. Vor allen Dingen solltest du mit ihm klären, dass wir nicht wirklich verheiratet sind."

Mein Atem stockt für einen Moment und dann reiße ich meinen Blick zu ihm hoch, als die Bedeutung seiner Worte langsam in mein Bewusstsein einsickert. „Was? Das ist ein Scherz, oder?"

Er schüttelt den Kopf. „Nein, ich mache keine Scherze. Hast du die vermeintliche Urkunde jemals gelesen? Ich meine, was hast du denn erwartet, wenn man in einem Casino heiratet? Glaubst du, ich wäre einfach so abgehauen, wenn wir verheiratet wären? Meinst du wirklich, ich würde dann in einem Hotel schlafen und nicht meinen Platz im Ehebett einfordern?"

„*Was zum Teufel*?", fahre ich ihn an. „Was bitte soll das heißen? Das war alles nur ein *Fake*?"

Er hebt die Hände, weicht ein Stück zurück auf dem Sofa. „Der Standesbeamte war nicht echt. Alles ganz Las Vegas. Ich dachte, das wüsstest du."

„Nein, verdammt, das habe ich nicht gewusst! Ich habe mich die ganze Zeit gefragt, wo zur Hölle mein *Ehemann* abgeblieben ist und *warum zum Henker* er nicht ans Telefon geht, wenn ich ihn anrufe! Und wieso zum Teufel hattest du die ganze letzte Woche keine Muße, es mir zu sagen? Spinnst du jetzt total?"

„Monique, hör zu ...", versucht er es, aber ich habe genug.

„Weißt du was, du bist kein bisschen besser als Bobby, ihr zwei solltet euch zusammentun, ehrlich. Nur lasst mich ab sofort da raus. Ich bin fertig mit euch."

Ich stelle die Tasse auf den Tisch und verschwinde in mein Schlafzimmer. Langsam und leise schließe ich die Tür und drehe den Schlüssel im Schloss. Für heute werde ich meine Ruhe haben.

Doch schon als ich mich aus der Jeans schäle, klingelt das Handy in meiner Hosentasche. Einen Moment überlege ich, den Anruf zu ignorieren, schaue auf das Display und entscheide mich dann doch, ranzugehen. Es ist Ella und ich will sie nicht noch mehr gegen mich aufbringen.

„Hey", sage ich leise, da ich nicht weiß, wie und wo ich anfangen soll. Gibt es überhaupt die Chance, das irgendwie gut zu klären?

„Willst du zu mir kommen?", fragt sie. „Ich mache uns einen heißen Kakao, wir kuscheln uns auf's Sofa und dann reden wir in aller Ruhe. Das haben wir schon ewig nicht mehr getan."

„Stimmt", gebe ich ihr Recht und dann bricht der Ärger doch hervor. „Aber schieb' das nicht auf mich. Und das Angebot ist zwar nett, aber ehrlich gesagt will ich nicht, ich will gerade einfach nur meine Ruhe haben. Ich brauche eine Pause von all dem."

„Du weißt, dass Bobby es nicht böse meint. Er ist verletzt, weil du geheiratet hast."

„Verletzt", schnaube ich. „Aber klar. Der großartige Bobby ist alles, aber ganz sicher nicht verletzt. Schließlich war nicht ich es, die ihn geküsst und dann so getan hat, als sei er bestenfalls ein Bekannter, wenn überhaupt. Das war nicht *ich*, das war *er*. Wenn also jemand allen Grund hat, *verletzt* zu sein, dann bin das ja wohl ich, aber nicht der Großmeister."

Ella seufzt und ich entschließe mich, sie einzuweihen.

„Weißt du, wir sind nicht verheiratet, Sascha und ich. Das hat er mir eben erzählt. Das alles war ein Fake und ich habe das nicht einmal mitbekommen. Ich könnte ihm den Kopf abreißen, weil er mir nicht früher die Wahrheit gesagt hat, aber irgendwie bin ich auch froh darüber. So weiß ich, was Alex tatsächlich von mir denkt."

„Mona, ehrlich, das ist jetzt nur so, weil alles überkocht. Du weißt, dass er so normalerweise nicht ist. Ihr müsst euch in Ruhe zusammensetzen und reden. Und wir sollten das auch tun. Ich denke, eigentlich müssten wir alle zusammensitzen, aber das hat ja vorhin schon nicht geklappt. Komm her, wir klären das zwischen uns und dann findet sich auch der Rest."

„Reden wir morgen?", frage ich leise und spüre, wie weitere Tränen über meine Wangen laufen. „Heute kann ich nicht mehr, wirklich nicht. Ich hab dich lieb und es tut mir leid."

„Ich hab dich auch lieb." Ella klingt so niedergeschlagen, wie ich mich fühle.

Kapitel 11

11. September 2017

Das Wochenende habe ich allein verbracht, nachdem ich mich Freitag mit Ella ausgesprochen habe. So allein man eben sein kann mit seinem besten Freund auf dem Sofa, der sich scheinbar ernsthaft Sorgen um mich macht und mich nicht aus den Augen lassen wollte.

Ella und ich haben beide Rotz und Wasser geheult, bis alles ausgesprochen war. Bis ich ihr erzählt habe, wie lange ich schon in Alex verliebt bin und darunter leide, dass er mich nicht sieht. Warum ich nie nach Außen zeige, wie es mir tatsächlich geht. Dass da tief in mir eine kleine Schönheitskönigin schlummert, die nach Außen lächelt, selbst wenn sie innerlich zusammenbricht.

Weil Schönheitsköniginnen immer lächeln und niemals zeigen, wie schwach sie in Wirklichkeit sind.

Mit Sascha habe ich kaum gesprochen. Er hat mir erzählt, dass er in Hamburg bleiben will und hat angeboten, sich so schnell wie möglich eine eigene Wohnung zu suchen. Doch eigentlich mag ich, dass er da ist. Es ist ungewohnt, aber jederzeit mit jemandem reden zu können und jemanden um sich zu haben, hat definitiv Vorteile und fühlt sich beruhigend an. Ich bin weniger einsam, nicht mehr nur *nicht allein*. Möglicherweise räume ich das dritte Zimmer für ihn frei, wenn er hierbleiben möchte.

Jetzt bin ich auf den Weg zur Arbeit, viel früher als sonst, mit einem unguten Gefühl im Bauch. Es wurde eine außerplanmäßige Mitarbeiterversammlung angesetzt und das ist selten gut.

„Es tut mir leid, aber ich muss euch mitteilen, dass die meisten von euch entlassen werden", beginnt unser Abteilungsleiter und augenblicklich ist es totenstill auf der Etage. Plötzlich gibt es nicht nur kein Getuschel mehr, jetzt scheinen die meisten selbst das Atmen eingestellt zu haben. Ich zumindest habe die Luft angehalten.

„Die Gerüchte hat sicher jeder schon gehört,", fährt er fort, „und sie stimmen. Der Träger des Kaufhauses steht kurz vor der Insolvenz. In den letzten Wochen gab es viele Verhandlungen mit neuen Investoren, potentiellen Käufern, der Stadt, dem Land, der Arbeitsagentur und Wirtschaftsberatern. Aber ich will ehrlich sein: Außer weiter Geld zu fressen hat das nichts gebracht." Seine Stimme zittert, klingt aufgebracht. So habe ich den Mann noch nie erlebt, er wirkte immer unterkühlt, als könne ihn nichts aus der Ruhe bringen.

Hätten mich die Worte nicht schon schockiert, so spätestens jetzt seine Stimme.

„Es wird später eine Pressekonferenz geben, wo genau das öffentlich gemacht wird. Wer will, kann im Mitarbeiterportal nachlesen, was alles wann mit wem verhandelt wurde und wie der Plan für die nächsten Wochen aussieht. Erst einmal ist nur klar, dass die meisten Stylisten und Verkäufer entlassen werden. Die Zeitarbeitskräfte fallen zuerst weg, wegen der leichter zu lösenden Verträge. Danach greift ein Sozialplan, auch darüber steht etwas im Mitarbeiterportal. Weitere Fragen kann euch die Personalabteilung beantworten. Allerdings nur auf schriftliche Anfrage, wie mir mitgeteilt wurde."

Leises Gemurmel ist von dem Einen oder Anderen zu hören und bei mir setzt langsam die Erkenntnis ein, was da in diesem Moment verkündet wird. Ich denke über meine „Sozialpunkte" nach. Ich weiß nicht viel darüber, wie es funktioniert, aber man hört es ja immer wieder in den Nachrichten. Wenn mein Basiswissen stimmt, bin ich eine der Ersten, die entlassen wird. Aber gerade macht mir das noch keine Angst, ich bin einfach nur geschockt.

„Eure Teamleiter werden mit jedem einzeln sprechen. Es tut mir leid, wirklich. Und bevor wilde Spekulationen aufkommen: Ich habe heute früh ebenfalls meine Kündigung erhalten, ab sofort werden keine Abteilungsleiter mehr gebraucht, es reichen die Teamleiter. Es war mir eine Ehre, mit euch zusammen zu arbeiten."

Damit ist das Meeting beendet und ich halte nach meiner Teamleiterin Ausschau. Es ist nicht schwer, Margit zu finden, sie ist längst von Kollegen umringt.

„Ich werde zu jedem Einzelnen kommen, heute noch", verspricht sie, als ich sie erreiche. „Bitte, ich komme zu euch und spreche mit jedem." Sie hat Tränen in den Augen, genau wie ich.

Arbeiten ist eine Qual, meine Gedanken kreisen immer wieder darum, dass ich bald ohne Job dastehe und keine Ahnung habe, was ich machen soll. Nicht einmal die geringste Idee.

Vor einem Jahr hätte ich mir keine Sorgen gemacht. Vor einem Jahr wusste ich, dass ich bei Viper in der Bar arbeiten kann. Er unterstützt seine Freunde, wo er kann, er findet immer etwas. Ich bin mir sicher, ich würde selbst jetzt einen Job bekommen, wenn ich ihn darum bitte. Aber sobald ich daran denke, dass ich mit Bobby zusammenarbeiten muss, ihn jeden Tag sehen, mit ihm reden müsste hinter der Bar, dann wird mir übel. Das werde ich nicht überleben. Es muss einen anderen Weg für mich geben.

„Können wir reden?"

Ich sitze im Pausenraum und esse einen Apfel, als Laura den Raum betritt und sich zu mir an den Tisch setzt. Mein erster Impuls ist es, aufzustehen und zu gehen, aber das wäre gemein.

„Natürlich", sage ich deshalb und setze mich aufrechter hin.

Laura atmet tief ein, legt die Hände gefaltet auf den Tisch.

„Zwischen Alex und mir läuft nichts, wirklich. Wir sind nur so oft zusammen, weil ich gerade seine Hilfe brauche. Ich habe ziemliche Probleme mit meinem Vermieter und das macht mir ehrlich gesagt sehr zu schaffen. Vor allem, weil René in dem Punkt keine Hilfe ist, er hält sich raus, weil der Mietvertrag ja nur auf mich läuft. Einen anderen Anwalt kann ich mir nicht leisten, du weißt ja, dass wir hier nicht sehr viel verdienen. Irgendwann habe ich Alex davon erzählt und er hilft mir, das alles zu klären. Eine Weile sah es so aus, als würde ich die Wohnung verlieren. Das hat mir ziemlich zu schaffen gemacht."

„Alex versteht was davon?", frage ich, um etwas zu sagen, als sie eine Pause macht.

„Na ja, er ist ja selbst Anwalt, berät mich gegen eine kleine Gebühr, die gerade mal die Portokosten deckt, denke ich. Aber ich bin ihm sehr dankbar dafür, weil ich sonst nicht wüsste, wie ich die Miete bezahlen soll. Gut, nach heute Morgen weiß ich das jetzt trotzdem nicht."

„Okay", sage ich, aber das ist es nicht. Ich wusste nicht, dass einer meiner besten Freunde Anwalt ist. Für mich war er immer nur Bobby, der Barkeeper. Bobby, der Kerl, in den ich mich im Laufe der Jahre verliebt habe, ohne es zu merken.

Alles andere, was er sonst noch in seinem Leben getan und erlebt hat, hat mich viel zu wenig interessiert.

„Es tut mir leid, dass ich dir nicht früher davon erzählt habe, aber irgendwie ist das nichts, das man sich mal eben so erzählt."

„Aber Ella weiß davon?"

„Nur, weil sie und Viper in eine Unterhaltung in der Bar geplatzt sind, bevor geöffnet wurde und wir deswegen zusammen saßen. Es war nicht wirklich meine Entscheidung, ihr davon zu erzählen. Es hat sich so ergeben, weil ich nicht wollte, dass ein falscher Eindruck entsteht."

Ich glaube ihr, aber das macht es nicht merklich besser. Ich fühle mich trotzdem von meinen Freunden hintergangen.

„Seid ihr deswegen immer wieder zu viert losgezogen, ohne mich?"

Bevor sie antwortet, klingelt mein Handy und ich bin froh um die Unterbrechung. Es ist Clarissa, umso lieber nehme ich das Gespräch an.

„Kommst du heute Abend zu uns? Fernando und ich wollen mit dir reden", kommt sie völlig untypisch direkt zum Punkt.

„Natürlich", sage ich, beende das Gespräch und schiele auf die Uhr. Perfektes Timing, würde ich sagen. Meine Pause ist zu Ende.

„Danke für die Erklärung", sage ich zu Laura und drücke ihre Hand, um ihr zu zeigen, dass es wirklich okay ist. „Ich glaube dir, dass ich nicht eifersüchtig sein muss. Du bist immer noch glücklich mit René, oder?" Sie nickt und ich lächele sie an. „Ich kann nur im Moment nicht aus meiner Haut, und das tut mir leid. Ich weiß nicht, warum ich so reagiere auf euch beide, es hat nichts mit dir zu tun. Irgendwie ist alles so schwer geworden zwischen ihm und mir und ich habe keine Idee, ob und wie wir das jemals wieder hinbekommen." Ich atme einmal tief und hörbar durch. „Und jetzt muss ich an die Arbeit, solange ich noch eine habe."

Sie nickt. „Unser Teamleiter hat bereits mit mir gesprochen, ich habe in zwei Wochen meinen letzten Tag. Hast du schon etwas gehört?"

„Nein, aber ich denke, dass es bei mir nicht anders sein wird. Ich werde gleich nach Stellenanzeigen schauen, wenn ich nach Hause komme. Du auch, denke ich?"

„Vermutlich nicht", antwortet sie, was mich zu ihr schauen lässt. „Mein Onkel Yasin hat einen kleinen Brautladen und er hat schon mehrfach gefragt, ob ich nicht bei ihm arbeiten will. Ich denke, jetzt ist der Zeitpunkt gekommen, das Angebot anzunehmen."

„Freut mich, wenn das klappt." Ich schenke ihr ein kleines Lächeln. Weil ich mich natürlich freue, wenn sie eine Sorge weniger hat. Zumindest hier bremst mich meine unbegründete und unlogische Eifersucht nicht aus.

„Kommst du jetzt donnerstags wieder rein? Alex vermisst dich, auch wenn er es nicht sagt", fragt sie, als ich schon so gut wie durch die Tür bin.

Ich lache. „Er hat auch eine komische Art, das zu zeigen. Aber ja, ich denke, ich werde jetzt donnerstags wieder öfter da sein."

Damit verlasse ich den Raum, fühle mich etwas befreiter, weil wir uns ausgesprochen haben. Auch wenn ich mir unsicher bin, ob unsere Freundschaft jemals wieder wie früher wird.

Als Margit schließlich zu mir kommt, hat sie Tränen in den Augen. Sie muss nichts sagen, ich weiß auch so, was das zu bedeuten hat. Ich nehme sie in den Arm, drücke sie fest an mich und sage ihr, dass es okay ist, dass ich schon zurechtkomme und immer gern mit ihr zusammengearbeitet habe.

„Du bist meine beste Kraft", schnieft sie, als wir uns loslassen.

„Ich weiß", ich grinse sie breit an. „Weißt du, wann ich raus bin?"

„Maximal vier Wochen. Wenn du in zwei Wochen gehst, dann zahlen sie dir noch einen vollen Monat Gehalt. Das wird einigen angeboten, die nur wenige Sozialpunkte haben."

„Bis wann muss ich mich entscheiden?"

„Sagst du bis morgen Abend nichts, bleibst du vier Wochen ohne die kleine Abfindung."

Ich überlege einen Moment, aber eigentlich ist meine Entscheidung klar. Ich brauche das Geld, um die Miete zu bezahlen. Und je eher ich einen neuen Job anfangen kann, umso besser.

„Ich werde in zwei Wochen gehen", sage ich Margit und jetzt stehen auch mir Tränen in den Augen. „Ich hab so gern hier gearbeitet."

„Ich weiß das."

Wir umarmen uns noch einmal und dann geht sie weiter, zu dem Nächsten auf ihrer Liste.

Manchmal habe ich mir gewünscht, Karriere zu machen, Teamleiter zu sein. Vor allem immer dann, wenn ich eine unmögliche Kundin vor mir hatte, die ich gern abgegeben hätte.

Aber jetzt? Für nichts in der Welt würde ich den Job machen wollen. Für kein Geld der Welt könnte ich Menschen sagen, dass ihr Leben ab sofort anders verlaufen wird und sie zusehen müssen, wie sie ohne Arbeit weitermachen.

Fernando lächelt mich an, als er auf mein Klingeln hin die Tür öffnet. Ich folge ihm ins Wohnzimmer, wo wir eine aufgeregte Clarissa treffen, die mir stürmisch um den Hals fällt und mich dann neben sich auf das Sofa zieht.

„Also, wir haben uns was überlegt, mein Fred und ich", beginnt sie. „Du willst raus, und wir haben eine Möglichkeit für dich."

Ich sehe von ihr zu Fernando, der mich freundlich anlächelt und nickt.

„Ähm, ich habe ebenfalls Neuigkeiten", versuche ich, von meiner Kündigung zu erzählen, aber sie unterbricht mich unmittelbar, indem sie den Kopf schüttelt.

„Du bist sehr gut mit Make-up, also habe ich mich mal bei meinen Freundinnen umgehört, was man für Möglichkeiten hat. Und ich glaube, dass du nur als Stylistin nicht glücklich bist, oder? Auch wenn du einen sehr guten Job machst, ich komme nicht umsonst immer nur zu dir, wenn ich für ein Event hinreißend sein will. Aber Fred und ich, wir denken beide, dass du möglicherweise mehr in den Bereich Bühne gehen solltest. Maskenbildnerin würde sehr gut zu dir passen. Am Theater, oder der Oper. Oder Musical, egal was. Was sagst du dazu?"

Für einen Moment bin ich sprachlos.

„Ähm", beginne ich, werde aber diesmal von Fernando unterbrochen.

„Wir sind keine guten Gastgeber heute Abend, verzeih bitte. Möchtest du etwas trinken? Sekt, Kaffee, Tee, Wasser?"

„Ein Wasser würde ich gern nehmen",

antworte ich ihm und habe im nächsten Moment schon ein gefülltes Glas vor mir stehen. „Maskenbildnerin wäre super, das ist mein Traum, seit ich ein kleines Mädchen war. Aber das ist eine dreijährige Ausbildung, die ich mir im Moment leider nicht leisten kann, dazu verdiene ich nicht genug. Und noch dazu bin ich in zwei Wochen arbeitslos, das Kaufhaus steht vor der Insolvenz und ich gehöre zu denen, die mit der ersten Welle gehen."

Clarissa und Fernando wechseln Blicke, die ich nicht deuten kann. Auf jeden Fall wirken sie nicht weiter überrascht.

„Wir haben auch dafür eine Lösung, denken wir", sagt Fernando.

„Freunde von uns in München suchen jemanden, der sie am Theater unterstützen kann. Du würdest dich vor allem auf Perücken konzentrieren und weniger auf Makeup und Kostüme, obwohl die natürlich auch eine Rolle spielen. Aber du hättest die Möglichkeit, dich zur Perückenmacherin ausbilden zu lassen, wenn du das möchtest."

„Das klingt zwar super, aber ich weiß nicht, ob ich Hamburg wirklich so lange verlassen will."

Clarissa lächelt mich an und tätschelt meinen Arm.

„Es sind vier Monate, mehr nicht. Und

rein zufällig wissen wir, dass bald hier in Hamburg eine Stelle frei wird in der Staatsoper, wo jemand für Maskenbild gesucht wird. Mit Schwerpunkt Perücke. Damit ist die Stelle nach München wie geschaffen für dich."

Bevor ich reagieren kann, meldet sich noch einmal Fernando zu Wort.

„Wenn du dir Sorgen machst, wie du das finanziell stemmen sollst, wir helfen dir. Das Theater hat kleine Appartements für ihre Mitarbeiter und sie würden dir eines zur Verfügung stellen, mietfrei. Du musst nur für deinen Lebensunterhalt aufkommen. Auch hier helfen wir dir gern, wenn nicht ausreicht, was sie dir am Theater zahlen."

„Das ist zu teuer", unterbreche ich ihn. „Das kann ich nicht annehmen! Außerdem kostet der Lehrgang doch sicher auch."

„Nun, dann zahlst du es zurück, sobald du wieder hier bist und neu Fuß gefasst hast. Oder du nimmst es als das, was es ist – ein Geschenk von Menschen, denen du sehr am Herzen liegst. Du zauberst meiner Frau immer wieder ein Lächeln ins Gesicht, und ich weiß nicht, wie ich dir dafür danken soll. Bezahlen lässt du dich ja schon nicht."

Wir schweigen eine Weile und langsam wird mir bewusst, welche Chance ich hier geboten bekomme.

„Wann würde es losgehen?", frage ich nach einem Moment und habe damit meine Entscheidung getroffen. „Ich meine, ich arbeite noch zwei Wochen für das Kaufhaus. Außerdem muss ich alles mit meiner Wohnung regeln. Und jemand muss die Blumen gießen." Ein total unwichtiger Punkt, aber ich habe immer schon zu schnell ausgesprochen, was mir durch den Kopf geht.

„Zwei Wochen ist perfekt!" Clarissa klatscht in die Hände. „Du kannst jederzeit gehen, allerdings wäre es schon passend, wenn du Anfang Oktober startest. Noch dazu wird die Stelle hier an der Staatsoper zum ersten März ausgeschrieben. Wir werden selbstverständlich ein gutes Wort für dich einlegen. Aber dann würde der Zeitplan perfekt aufgehen, wenn du die Veränderung willst."

„Ihr kennt Alles und Jeden, oder?", frage ich, und freue mich über die Chance. „Ich werde alles klären und dann in zwei Wochen nach München ziehen, so kann ich noch ein wenig die Stadt sehen. Ich danke euch, dass ihr mir helft. Ich weiß gar nicht, was ich sagen soll. Und es ist wirklich nicht zu teuer?"

Fernando reicht mir ein Taschentuch, mit dem ich meine Freudentränen wegtupfe, die ich erst jetzt bemerke. Er schüttelt nachdrücklich den Kopf. *Nicht zu teuer.*

„Sag einfach gar nichts." Clarissa umarmt mich wieder. „Ich weiß, dass ich nicht unansehnlich bin, habe ich doch einen Mann, der mich das jeden Tag immer wieder spüren lässt." Sie lächelt ihn warm an und da steckt so viel Liebe in diesem kleinen Lächeln, unvorstellbar. „Aber wenn du mich schminkst, fühle ich mich unbesiegbar. Ich fühle mich wie jemand, der den besten Mann der Welt verdient hat, wie er seit Jahren schon an meiner Seite ist. Also will ich dir dieses Gefühl zurückgeben. Finde dich selbst in München, dann findest du deinen Platz in Hamburg. Und wer weiß, vielleicht findest du auch endlich die Liebe."

Diese Romantikerin. Aber sie hat recht. Es wird mir guttun, rauszukommen. Darüber hatte ich schon nachgedacht. Und es wird mir helfen, mit Bobby abzuschließen.

Ich mag meine Probleme mit Laura, Ella und Sascha geklärt haben und wir wieder fast normal miteinander umgehen, aber zwischen Bobby und mir ist noch lang nichts geklärt. Wie auch immer wir das hinbekommen sollen.

Kapitel 12

21. September 2017

„Ich gehe am Wochenende nach München",
lasse ich die Bombe platzen. Ella und Laura
stellen beide ihre Gläser zurück auf den
Couchtisch. Heute sitzen wir nicht unten in
der Bar, sondern oben in der Wohnung von
Ella und Viper, da ich keine Lust auf die
Spannungen zwischen Bobby und mir habe.
Außerdem arbeitet Sascha seit dieser
Woche im *Viper* und ich möchte nicht
erleben, wie die beiden aufeinander losgehen, wenn sie sich in die Quere kommen.
Ich habe immer noch nicht verstanden,
warum Viper ihm einen Job gegeben hat,
aber scheinbar läuft es gut. Aber vielleicht
verbringt Sascha seine Zeit nur in der
Küche und hat wenig mit Bobby zu tun,
schließlich ist er gelernter Koch und dafür
hat Viper ihn eingestellt.

„Und wann kommst du wieder?", fragt
Ella und greift sich ein paar Salzstangen.

„Das weiß ich noch nicht", antworte ich
und habe jetzt ihre volle Aufmerksamkeit.
Zeit, die Katze aus dem Sack zu lassen. „Ich
habe einen Job angeboten bekommen, am
Theater. Im Großen und Ganzen ist es mehr
als nur ein Job, ich mache gleich eine
Weiterbildung, damit ich mehr Chancen am

Theater und so habe. Aber dafür gehe ich für mindestens vier Monate nach München."

Ella hat Tränen in den Augen. „Aber du kommst doch wieder, oder?"

Jetzt muss ich selbst schlucken. „Ehrlich, Ella, ich weiß es noch nicht. Ich muss hier raus, ich kann das nicht mehr, brauche dringend eine Pause. Ich bin hier nicht mehr ich selbst, ich lache viel zu wenig. Überleg doch mal, wie es vor dem Streit noch war. Und ich will dir jetzt nicht sagen, dass ich wiederkomme und dann bleibe ich doch weg. Noch habe ich meine Wohnung nicht gekündigt, Sascha bleibt und kümmert sich um alles. Aber ich bin erst einmal weg. Es ist besser so. Eigentlich will ich wiederkommen, aber keiner weiß, was alles passieren wird."

Laura schweigt und Ella nickt, nachdem sie einen Schluck aus ihrem Glas genommen hat.

„Ich verstehe dich. Kommst du denn über die Feiertage wieder her? Ich meine, wir feiern Weihnachten schließlich immer zusammen."

Mein Magen verkrampft sich, wenn ich daran denke, dass ich Stunden mit Bobby in einem Raum sitzen soll und wir uns im besten Fall nur anschweigen werden, im schlimmsten Fall aber wieder streiten. So will ich die Feiertage auf gar keinen Fall verbringen.

„Vielleicht schaue ich kurz bei euch rein, aber ich glaube eher, dass ich zu meiner Mutter fahre, wenn sie keine Urlaubspläne hat. Wir werden sehen."

„Ich glaube, wir brauchen mehr zu trinken", sagt Laura und Ella grinst, steht auf, holt eine Flasche Wodka und Multivitaminsaft aus der Küche und gießt uns nach. Mir fällt auf, dass sie den Alkohol nur Laura und mir gibt, aber bevor ich etwas sagen kann, kommt sie, die Frage, die mir am meisten Bauchschmerzen bereitet.

„Wann wirst du es ihm sagen?", fragt Ella und es ist klar, wen sie damit meint.

Am liebsten gar nicht. Aber das kann ich wohl kaum aussprechen.

„Gleich, bevor ich gehe, denke ich. Oder ich schreibe am Wochenende in den Gruppenchat, wenn ich gut in München angekommen bin. Vielleicht bekommt er aber auch so eine Nachricht von mir, ich weiß noch nicht."

„Oder du schickst ihm eine Ansichtskarte aus München", kichert Laura und wir stimmen mit ein.

„Oder das. Das wäre lustig."

„Er wird sich direkt ins Auto setzen und

dich zurückholen", bemerkt Laura ernst. „Ich weiß, dass du anders denkst, dass du nicht siehst, was wir sehen. Aber der Kerl liebt dich, wirklich. Er wird dich nicht einfach gehen lassen."

Ich schlucke, würde ihr so gern glauben. Aber sein Verhalten mir gegenüber spricht eine andere Sprache.

„Er hat keine andere Wahl", sage ich und leere mein Glas zur Hälfte. „Ich brauche diese Pause, brauche eine Weile Abstand. Und es ist ja nicht nur das. Meinen Job bin ich eh los, ich muss mir sowieso was einfallen lassen. Warum dann nicht einen Kurs machen, der mich weiterbringen wird? Damit schlage ich direkt zwei Fliegen mit einer Klappe."

„Sicher, dass du nicht wegläufst?"

„Ja, ganz sicher", antworte ich nach einer kurzen Pause. „Ich gehe den nächsten Schritt. Ich wollte schon immer Maskenbildnerin sein, am Theater oder Musical arbeiten. Also nutze ich jetzt die Chance. Ich habe lang genug nicht das getan, was ich wirklich will."

„Und es wird gut werden", stimmt Ella mir zu.

„Sehr gut sogar." Ein Grinsen stiehlt sich auf mein Gesicht. „Ich liebe die Idee, was alles auf mich zukommt. Das wird toll."

Ella füllt unsere Gläser wieder mit Saft auf.

„Darauf trinken wir einen", sagt sie und wir prosten uns zu.

„Auf Jobs in kleinen Brautläden", stimmt Laura mit ein.

„Auf neue Wege", grinse ich und damit ist es besiegelt.

München, hier kommt Mona, bereite dich darauf vor.

Leben, hier bin ich.

„Ich bin gekommen, um mich zu verabschieden."

Ich weiß nicht, wie lange ich überlegt habe, was ich sagen will. Wie viele Sätze ich wieder verworfen habe, weil sie in meinem Kopf furchtbar klangen. Nicht, dass dieser jetzt so viel besser ist. Aber ich habe allen Mut zusammengenommen und bin ins *Viper* gegangen, um mich von Viper selbst und Bobby zu verabschieden. Oder wie immer man das nennt, was ich hier veranstalte.

Viper grinst mich an und schiebt mir eine Limonade über den Tresen. „Das ehrt dich. Ich dachte, nach dem Mädelsabend verschwindest du direkt wieder."

Ich setze mich auf einen freien Hocker, nehme einen Schluck und schaue Bobby an, der seinen Blick nicht von den beiden Frauen neben mir nimmt. Bekommt er überhaupt mit, dass ich hier bin?

„Ähm", starte ich und hoffe, die richtigen Worte zu finden. „Nicht nur für heute, meine ich. Ich ziehe nach München."

Bobby lässt ein Glas fallen, es zerspringt mit einem lauten Knall auf dem Tresen vor ihm. Er flucht, greift das Handtuch von seiner Schulter und fegt damit die Scherben zusammen. Zumindest scheint er mich gehört zu haben.

Er sieht kein einziges Mal hoch, aber sein Gesicht ist so verkniffen, sein Kiefer so angespannt, dass ich seine Augen gar nicht sehen muss, um zu wissen, dass er verdammt sauer ist. Nur wieso?

„Nach München?", findet Viper zuerst seine Stimme wieder. „Wie kommst du auf München?"

Ein weiterer Schluck aus meinem Glas, bevor ich wieder sprechen kann. Meine Kehle fühlt sich trocken an wie eine Wüste.

„Ich habe dort am Theater einen neuen Job und mache einen Lehrgang zur Perückenmacherin, um irgendwann beim Musical zu arbeiten oder am Theater zu bleiben. Oder Oper, das könnte mir auch Spaß machen, denke ich. Jedenfalls fliege ich am Samstag nach München und weiß noch nicht, wann ich das nächste Mal hier bin. Also will ich mich verabschieden."

„Zwischen Tür und Angel", zischt Bobby und wendet sich direkt wieder ab. Viper seufzt nur und sieht mich eindringlich an.

„Wenn du dir sicher bist, dass es richtig ist, dann los. Aber wenn es nur um das Geld geht, du kannst jederzeit hier arbeiten, das weißt du."

Meine Augen suchen Bobby und finden ihn, in ein Gespräch mit einem jungen Paar vertieft. Viper folgt meinem Blick und schüttelt den Kopf.

„Ihr zwei müsst endlich offen miteinander sprechen. Es bringt nichts, dass ihr euch voreinander versteckt und die Spannung immer weiter wächst. Hört auf, umeinander rum zu schleichen, das bringt keinen von euch vorwärts."

„Du hast es doch auch nicht getan", sage ich.

„Und es war beinahe zu spät." Er lehnt sich über den Tresen und sieht mich ernst an. „Mach nicht den gleichen Fehler."

Ich atme einmal tief durch. „Erstmal gehe ich nach München und finde meinen Weg. Und dann löse ich ein Problem nach dem anderen."

Viper grinst mich an und ich schiebe ihm mein leeres Glas über den Tresen. Ich stehe auf, drehe mich Richtung Tür, als Bobby plötzlich vor mir steht. „Soll ich dich zum Flughafen fahren?", fragt er und für einen Moment bin ich zu perplex, um zu reagieren.

„Nein, das musst du nicht", antworte ich ihm nach einem Moment. „Ich nehme mir ein Taxi."

„Mona, ich kann dich fahren", sagt er noch einmal, eindringlicher.

„Warum?" Er verwirrt mich.

„Ich denke, wir sollten uns aussprechen, bevor du gehst."

Ich schnaube einmal und sehe ihn dann an, versuche, den Blick um jeden Preis zu halten. „Ich glaube nicht, dass es so gut ist, wenn wir uns unterwegs zoffen."

„Wir werden nicht streiten." Er klingt so sicher und ich weiß nicht, ob ich seine Zuversicht auch nur ansatzweise teilen kann. „Wir sprechen uns nur aus. Beenden das Chaos."

Irgendwie hat er ja Recht. So oder so sollten wir unter alles einen Schlussstrich ziehen. Dann kann ich mit freiem Kopf nach München gehen und mich nur auf mich konzentrieren.

„Okay. Mein Flieger geht um elf Uhr am Samstag."

„Ich werde pünktlich sein."

Ob mich das beruhigt oder eher nervöser macht, habe ich noch nicht entschieden.

Kapitel 13

23. September 2017

Pünktlich um sieben Uhr morgens klingelt es an der Tür. Ich lasse mich von Sascha in den Arm nehmen, der unbedingt mit mir zusammen aufstehen wollte, obwohl er hätte weiterschlafen können.

„Komm heil an und lass manchmal was von dir hören, verstanden?"

Ich grinse ihn an. „Ja, werde ich, versprochen. Es wird schon alles gut gehen, ganz sicher."

„Und lass dich nicht von dem Brummbären da draußen ärgern."

Jetzt muss ich lachen. Die Beschreibung trifft es ganz gut.

„Denk daran, meine Blumen zu gießen. Ich hätte gern, dass die überleben, bis ich wieder da bin."

„Also kommst du zurück?", fragt er und ich bin sicher, Hoffnung in seinen Augen aufblitzen zu sehen.

„Na ja, irgendwann werde ich die Wohnung auflösen müssen, wenn ich in München bleiben will. Oder woanders hingehe."

„Ach Monique." Er nimmt mich noch einmal fest in den Arm. „Melde dich. Und jetzt verschwinde, bevor er nochmal klingelt oder sogar hier hochkommt."

Im gleichen Moment klopft es an der Tür und ich kichere. „Schon ist er da. Danke für alles, Sascha. Ich melde mich. Und du, verschwinde nicht wieder ohne einen Ton."

„Ganz sicher nicht."

Als ich die Tür öffne, steht Bobby mit dem Rücken zu mir und dreht sich um, kaum dass er mich hört.

„Guten Morgen", sagt er und seine Stimme klingt rau.

„Alles okay?", frage ich ihn, aber er nickt nur.

„Wo ist dein Gepäck?"

Ich halte meine Umhängetasche hoch, in der sich nur das Nötigste befindet. „Die beiden Koffer habe ich schon gestern eingecheckt."

„Wie kommst du mit Gepäck in München weiter?"

„Lass uns gehen", antworte ich und ziehe die Tür hinter mir zu, ohne auf seine Frage einzugehen.

Im Auto schweigen wir, was die ersten Kilometer zum Flughafen unangenehm werden lässt. Ich schaue zu Bobby, aber er sieht nicht aus, als würde er das Schweigen in nächster Zeit brechen. Dabei wollte er doch unbedingt die Fahrt nutzen, um seinen

Redebedarf zu stillen.

„Du wolltest mit mir reden", bringe ich letztlich hervor. Einer muss ja erwachsen sein und den Anfang machen.

Er seufzt. „Es tut mir leid, ich habe mich wie ein Idiot benommen."

„Wann?", frage ich lachend, aber man hört, dass es aufgesetzt ist, dass ich immer noch angespannt bin.

„In der Kirche. Und danach habe ich es nicht besser gemacht. Trotzdem, zwischen Laura und mir ist nichts."

„Das weiß ich", unterbreche ich ihn an der Stelle. „Sie hat mir erzählt, dass du ihr hilfst." Er nickt zustimmend und schaut wieder auf die Straße. „Ich wusste nicht, dass du Anwalt bist", versuche ich, das Gespräch in Gang zu halten.

„Ja, in dritter Generation, wenn man so will. Ich hatte den Plan, die Kanzlei meines Vaters zu übernehmen, damals, im Abi. Aber kurz vor dem zweiten Staatsexamen hat sich das zerschlagen, den Abschluss gemacht habe ich trotzdem. Die ganze Geschichte ist aber zu lang, um sie jetzt und hier zu erzählen. Ich praktiziere nur wenig." Er macht eine Pause, atmet laut durch. „Es tut mir außerdem leid, wie ich auf Sascha reagiert habe. Er ist ein netter Kerl, auch wenn mich Viper zu der Einsicht gezwungen hat."

„Ja, Sascha ist einer von den Guten, aber auf den ersten Blick wirkt er anders."

„Wieso ...", setzt er an und bricht direkt wieder ab. Ich warte ein paar Minuten, aber da kommt nichts mehr. Ich weiß auch nicht, was ich sagen soll, um ein Thema zu finden, bei dem wir uns nicht wieder in die Haare bekommen. Dann taucht endlich der Flughafen vor uns auf. Mein erleichtertes Seufzen ist etwas zu laut, denn Bobby wirft mir einen langen, eindringlichen Blick von der Seite zu.

Im Flughafen kommen wir nicht mehr dazu, zu reden. Nicht, dass mich das stört, insgeheim bin ich erleichtert.

Es dauert eine Weile, das richtige Terminal zu finden, aber dann stehen wir schweigend vor den Check-ins.

„Zeit, sich zu verabschieden", bringe ich mühsam hervor und drehe mich mit einem tapferen, aber dermaßen falschen Lächeln zu ihm um, dass es ihm auffallen muss.

Aber Bobby sagt nichts, nimmt mich nur in den Arm und hält mich für einen Moment fest.

„Pass bitte auf dich auf", sagt er und drückt mich nochmal fester an sich.

„Natürlich. Und du auch. Sorg dafür, dass Ella nicht die ganze Zeit in der Bar bei

Viper abhängt, sondern mal vor die Tür geht. Genau wie Laura."

„Es tut mir leid."

„Was tut dir leid, Bobby?"

„Nenn mich Alex, oder Alexander, aber nicht mehr Bobby."

Ich kann nichts sagen in dem Moment. Ich fühle mich wie erstarrt, sein Spitzname ist für Freunde reserviert und ich darf ihn nicht mehr nutzen. Heißt das etwa ...?

„Es tut mir leid, dass ich dich geküsst habe."

Der Satz lässt mich erstarren.

Oft genug habe ich mich gefragt, wie es sich anfühlt, wenn einem das Herz gebrochen wird. Ob man den Schmerz sofort fühlt, wie stark er ist. Ich war nie verliebt genug, um das ernsthaft zu spüren. Haben meine Beziehungen geendet, war ich natürlich traurig. Aber ich war nur *traurig*.

In den letzten Monaten fühlte ich mich schon gebrochen. Ruiniert davon, dass eine meiner wichtigsten Freundschaften nicht mehr existiert. Am Boden, weil alles im Umbruch ist und ich nichts dagegen tun kann, egal wie wenig mir gefällt, wie es sich entwickelt. Gebrochen davon, dass der Mann, den ich liebe, einen Bogen um mich macht und mich kaum mehr ansieht, geschweige denn mit mir redet.

Aber das jetzt? Das ist eine neue Form von innerem Terror. Ich kann spüren, wie mein Herz auseinandergerissen wird. Ich kann fühlen, wie das Blut langsam meinen Körper verlässt, wie ich den Boden unter mir verliere. Mir schwirrt der Kopf, ich habe ein Rauschen in den Ohren, höre nicht mehr die Geräusche um mich herum. Nicht mehr die Gespräche der Menschen, das Surren der Maschinen, die Durchsagen. Nichts davon.

Bobby – nein, Alex – legt seine Hand an meine Wange und sieht mir in die Augen, sein Blick wechselt von einem Auge zum anderen. Ich kann nichts sagen, habe das Gefühl, keine Luft mehr zu bekommen, egal wie schnell ich atme.

Ich sehe, wie er ansetzt, noch etwas zu sagen und schüttele den Kopf, um ihn zu unterbrechen. Seine Stirn runzelt sich, er wirkt verwirrt und spricht dann doch.

„Alles okay?"

Fragt er das echt? Reißt mir den letzten Rest Freundschaft aus den Fingern und will dann wissen, ob alles okay ist?

„Natürlich", würge ich hervor. „Ich sollte langsam mal los, sonst verpasse ich noch meinen Flug."

Ich will mich von ihm losmachen, aber er

lässt meine Wange nicht los, greift mit der anderen Hand nach meinem Arm, kommt noch näher und sieht mich eindringlicher an.

„Mona?"

„Es ist schon okay, Alex. Es ist okay, wirklich", lächle ich ihn tapfer an und drücke ihm einen Kuss auf die Wange. Was für ein mieser Abklatsch eines Abschiedskusses.

Aber es erfüllt seinen Zweck, er lässt mich los und ich kann gehen. Einen Fuß vor den anderen setzen, ohne mich noch einmal umzudrehen, denn ich fürchte, dann in Tränen auszubrechen. Und das will ich nicht, nicht solang er mich sieht.

Ich gehe durch den Check-in und werfe keinen Blick zurück.

Auf in ein neues Leben. Auf in ein Leben ohne Alex. Ohne den Mann, der mir am meisten bedeutet.

Und noch nie war ich über unvorhergesehene Turbulenzen während des Fluges so froh. Sorgen sie doch dafür, dass niemand fragt, warum ich stille Tränen vergieße.

Weinen aus Angst vor einem Absturz ist in Ordnung. Weinen um etwas, das man nie hatte, nicht.

Verdammte Liebe.

Und alles nur, weil ich die Hochzeit

meiner besten Freundin organisiert habe.

Scheiße.

Kapitel 14

04. Oktober 2017

Jedes Mal, wenn mir jemand sagte „München ist anders", habe ich es für einen dahergesagten Spruch gehalten. So wie alles eben anders ist. Die Menschen sprechen einen anderen Dialekt, die Bauwerke sind anders, man ist weiter weg vom Meer. Das eben. Alles ist anders als Berlin, wo ich lange mit meiner Mutter gelebt habe oder Hamburg, wo immer noch mein Herz schlägt.

Aber München ist mir in der Tat fremd. Nicht nur, dass die Menschen gewöhnungsbedürftig reden, sie haben auch eine ungewohnte Einstellung für mich Hamburgerin. Auf der einen Seite sind sie viel offener, auf der anderen aber auch sehr grummelig. Möglicherweise liegt dieser Eindruck aber nur am Dialekt, den ich ehrlich gesagt kaum verstehe.

Unsere Hausdame ist so ein Mensch. Außer „Guten Tag" begreife ich NICHTS von dem, was sie sagt. Es kann alles von „schönes Wetter heute" bis hin zu „mein Gott, Kindchen, wie siehst du denn aus" bedeuten, was sie vor sich hinsagt, wenn sie mir begegnet.

Meine Finger zittern also vor Nervosi-

tät, als ich vor dem Personaleingang des
Theaters stehe und noch einmal tief
durchatme. Ich inhaliere mein Parfum.
Stark, mutig, nicht zu schwer. Etwas, das
mir Mut macht, mir hilft, ich selbst zu
sein. Ich muss mich konzentrieren, denn
ich will so viel wie möglich mitnehmen
aus meiner Zeit in München. Und so viel
wie möglich verstehen. Was wird mich
hier erwarten?

Aber ich bin auch nervös, weil mit
diesem Tag ein neuer Lebensabschnitt für
mich beginnt. Nach München zu kommen
war der erste Schritt, aber jetzt wird es
wirklich ernst.

Genug gewartet, sage ich mir selbst
und drücke mutig auf die Klingel.

Als die Tür schwungvoll aufgerissen
wird, stolpere ich vor Schreck einen
Schritt zurück und brauche einen
Moment, bevor ich mich wieder fange und
den Blick heben kann.

In das neutralste Gesicht, das ich je
gesehen habe. Nichts, kein einziger
Gesichtszug deutet auf ein Geschlecht
hin. Selbst das Make-up – und das trägt
diese Person definitiv – ist absolut neutral
gehalten, in sanften Erdtönen, die die
Gesichtszüge unterstreichen, ohne sie
hervorzuheben. Und die das Gesicht

wunderschön und gleichzeitig vollkommen unscheinbar erscheinen lassen.

Dank Rollkragen, den die Person trägt, kann ich nicht einmal ausmachen, ob vielleicht ein hervorstehender Kehlkopf vorhanden ist, der auf einen Mann hindeuten würde. Nichts. Auch die Figur ist absolut neutral und nichtssagend. Krass.

„Hey, du musst Monique sein", werde ich von einer Stimme begrüßt, die nach einem Kind klingt, nicht aber nach einem Erwachsenen, wie er vor mir steht. „Ich bin Only."

Man muss mir ansehen, wie verwirrt ich bin – vom Aussehen und dem Namen, denn er oder sie lacht laut und zeigt auf sich selbst.

„Ich bin weder männlich, noch weiblich und deswegen heiße ich Only."

„Okay", antworte ich endlich und ziehe das Wort in die Länge. „Ja, ich bin Monique, aber meine Freunde nennen mich Mona."

„Also, Mona, dann rein in die gute Stube, ich zeige dir alles und stelle dich den anderen vor."

Ich merke kaum, wie die Zeit vergeht. Only hat mich allen vorgestellt, aber davon habe ich kaum einen Namen behalten. Deswegen bin ich froh, als wir nach der Runde gemeinsam an meinem neuen Arbeitsplatz ankommen.

„Ich bin hier leitend zuständig für die Frisuren. Oder besser: Die Perücken, denn die Haare unserer Schauspieler geben beileibe nicht her, was wir für dieses Stück brauchen. Es geht um modernen Barock und irgendeine abgefahrene Familiengeschichte, ich habe keine Ahnung, was das alles überhaupt soll, aber das muss ich zum Glück auch nicht. Und jetzt werden wir das zusammen machen. Keine Angst, alles ganz einfach und locker, stressig wird es erst, wenn in zwei Wochen die Premiere ist. Aber bis dahin kannst du, was du können musst. Halt dich einfach an mich, und es kann nichts schief gehen. Na ja, fast nichts."

Only hat ein melodisches Lachen, in das ich direkt einstimme. Auch wenn meine Stimme von leichter Panik gefärbt wird.

Das kann ja heiter werden.

Als der erste Tag endet, bin ich fertig. Nicht einfach nur erschöpft, sondern vollkommen erledigt.

Only hat den ganzen Tag gesprochen. Ich habe mehr über Haare, Perücken und

Make-up gehört als jemals zuvor in meinem Leben. Aber dafür weiß ich jetzt zumindest alles über die korrekte Pflege von Perücken. Glaube ich. Hoffe ich, denn ich weiß nicht, ob ich noch irgendetwas in meinen Kopf bekomme, wenn da noch mehr folgt.

„Ich glaube, ich brauche ein Diktiergerät. Oder besser eine Kamera", sage ich zu Only, während ich mich auf dem Stuhl nach hinten lehne und die ersten Minuten Ruhe genieße, seit ich heute früh das Theater betreten habe.

„Warum?"

„Wie soll ich sonst behalten, was du mir den ganzen Tag erzählst? Ich bin davon ausgegangen, dass ich die Theorie wie in der Schule lerne. Weißt du, so altmodisch auf einem Stuhl sitzen, mit jeder Menge Kaffee, an einem Tisch, wo ich den Kopf aufstützen kann und nicht einschlafen darf. Aber das hier ist ein ganz anderes Kaliber. Ich habe ja nicht einmal die Zeit, mir auch nur ansatzweise Notizen zu machen."

Only lacht, greift nach meiner Hand und zieht mich wieder auf die Beine.

„Das kommt noch, keine Sorge. Wir werden alles mehrmals durchgehen und nimm es nicht persönlich, aber die Menschen werden am Schreibtisch dumm. Es lernt doch keiner etwas, wenn man nur Referate hält. Am besten lernst du immer noch, wenn du es selbst machst. Genau so werde ich dir alles beibringen. Aber jetzt zeige ich dir erstmal, was Feierabend bedeutet. Wir gehen mit den anderen zusammen eine Saftschorle trinken. Solang wir noch können, sollten wir das nutzen."

„Eine Saftschorle?", frage ich. Ich hätte Only für jemanden gehalten, der angesagte Cocktails trinkt.

„Ja, Saftschorlen. In meinem früheren Leben war ich alkoholabhängig und auch wenn ich schon lange trocken bin, gehe ich nicht gern in Bars. Die Versuchung ist an manchen Abenden zu groß. Zum Glück gibt es in der Nähe eine Saftbar mit den leckersten Cocktails, die du je getrunken hast. Und alles ganz ohne Alkohol."

„Das finde ich klasse", sage ich und meine es auch so.

Als wir in der Bar ankommen, bin ich beinahe enttäuscht. Es wirkt alles so normal, nicht außergewöhnlich. Und es fehlt das Flair und der Charme, die im *Viper* herrschen.

Das *Viper* gibt es eben doch nur einmal.

„Und jetzt, liebe Mona, gibst du deinen Einstand und erzählst uns, was dich nach München getrieben hat", beschließt eine andere Kollegin, deren Namen ich mir nicht merken konnte.

Aber für heute Abend spielt das keine Rolle.

Für heute Abend bin ich glücklich und lerne meine Kollegen besser kennen, kann lachen und abschalten.

Nachdem ich kurz vor Mitternacht nach Hause komme, mich im Bett in die warme Decke kuschle, stelle ich erstaunt fest, dass ich nicht ein einziges Mal an Alex gedacht habe.

Und ich merke, wie sich meine Mundwinkel leicht heben und ich mit einem Lächeln in den Schlaf drifte.

Kapitel 15

20. Oktober 2017

Premierenabend.

Mit dem Gedanken werde ich schweißgebadet wach. Ich hatte einen Alptraum, habe eine Katastrophe nach der anderen für den heutigen Abend durchlebt.

Erst habe ich alle Perücken grün gefärbt, weswegen unsere Schauspieler mit ihren echten Haaren fertig gemacht werden mussten.

Dann habe ich es geschafft, mit dem Lockenstab die Haare so zu versengen, dass sie abgefallen sind, statt ihnen barocke Locken zu verpassen.

Es endete, indem ich es zum Schluss fertig gebracht habe, alle Kostüme einlaufen zu lassen – dabei bin ich dafür nicht einmal zuständig! Und die Oberkleider für die Vorstellung werden nicht gewaschen, sondern nur aufgefrischt.

Herrje.

Ich fühle mich immer noch erschlagen, als ich mir einen Kaffee mache und versuche, den Alptraum zu vertreiben und richtig wach zu werden.

Beim zweiten Schluck, der meine müden Geister langsam so weit weckt, dass ich den Kaffee immerhin riechen kann, klingelt das Handy auf dem Couchtisch im Wohnzimmer.

Einen Moment zögere ich, dann gehe ich langsam näher, bis ich die Gesichter meiner Freunde auf dem Display entdecke. Jemand ruft per Video über den Gruppenchat an.

„Guten Morgen", gehe ich ran und denke erst dann darüber nach, dass meine Haare sicher noch in alle Richtungen abstehen, bin ich doch vor wenigen Minuten erst aus dem Bett gefallen. Und dass man mir die schreckliche Nacht sicher ansieht, ungeschminkt, wie ich noch bin.

„Wir wünschen dir einen wundervollen Premierenabend! Wir wissen, dass du das rocken wirst!"

Sie sind alle da – Sascha, Laura, Viper, Ella und Alex. Und alle winken sie mir zu, was mir Tränen vor Freude in die Augen treibt.

„Ich danke euch", bringe ich schniefend hervor und wische mir möglichst unauffällig unter den Augen entlang. „Seid ihr extra wegen mir so früh schon zusammen?"

„Wir wurden gezwungen!", ruft Sascha und ich sehe, wie er im nächsten Moment zusammenzuckt. „Hey, das war unnötig!" Er funkelt Laura an und ich muss lachen.

„Scheint, als hättet ihr ganz schön Spaß!" Und ich merke, wie sehr ich sie vermisse.

„Haben wir", sagt Ella. „Aber du fehlst uns. Und jetzt geh und zeig denen, was wir Hamburger können!"

„Ihr seid doch alle beide eingewandert." Viper lacht und gibt Ella einen Kuss auf die Wange.

Eine Weile beobachte ich noch, wie sie sich gegenseitig kabbeln, bis ich mich verabschieden muss, damit ich nicht zu spät komme.

Am Ende des Abends bin ich geschafft, das sind wir alle. Die Premiere war ein voller Erfolg und wir haben keine Pannen erlebt. Only drückt jedem von uns einen Muffin in die Hand und schickt uns nach Hause. Alle sind zu müde, um einen Absacker trinken oder gar feiern zu gehen.

Ich hätte niemals gedacht, dass die Premiere noch stressiger sein kann als die ganzen Proben, bei denen wir schon extrem unter Druck standen. Aber wie sich zeigte, brummt es noch mehr hinter der Bühne, wenn wirklich aufgetreten wird. Und es muss sehr viel leiser ablaufen, damit das Publikum uns auf keinen Fall hört oder sieht.

Aber es war fantastisch! Der Stress, die Stimmung – das ist genau das, was ich immer wollte. Wie alle Hand in Hand arbeiten, alles wie in einem Bienenstock summt. Grandios.

Ich fühle mich, als könne ich Bäume ausreißen, obwohl ich die Augen kaum mehr offen halten kann. Deswegen brauche ich eine Weile, bis ich die Nachricht entziffern kann, die Laura mir irgendwann im Laufe des Vormittags geschickt hat.

Es war alles Alex' Idee! Er hat darauf bestanden, dass wir morgens schon anrufen! <3

Mein Herz klopft schneller und kaum bin ich zu Hause, lese ich die Nachricht noch einmal. Und nochmal. Immer wieder, bis die Buchstaben vor meinen Augen verschwimmen.

Alex. Alex' Idee.

Aber warum?

Ich komme nicht dazu, weiter darüber nachzudenken, denn das Telefon in meiner Hand beginnt zu blinken. Als ich sehe, dass es meine Mutter ist, die mich anruft, zögere ich nicht lange, sondern erzähle ihr haarklein alles, was in den letzten Tagen und vor allen Dingen heute passiert ist.

„Es war unglaublich, Mama. Ich habe das Gefühl, high zu sein – ohne Alkohol oder Drogen. Es ist unfassbar, wenn die Vorstellung zu Ende ist und alles geklappt hat. Die Erleichterung danach und das Hochgefühl, weil eben alles geklappt hat. Oh mein Gott, das ist fantastisch!"

Sie lacht mit mir zusammen und freut sich.

So klein mein Anteil an dem Erfolg auch war, so unglaublich stolz bin ich auf unsere Truppe und so extrem froh, ein Teil davon sein zu dürfen.

Und weil meine Mutter ist, wie sie ist, fragt sie nicht ein einziges Mal nach Alex, was mich durchatmen und das Rätsel um ihn für eine Weile vergessen lässt.

Kapitel 16

06. Dezember 2017

In den letzten Wochen hat sich mein neues Leben eingependelt. Wir geben fünf Vorstellungen pro Woche, was unglaublich anstrengend ist, mir aber die Chance gibt, noch mehr zu lernen. Only lässt mich alles machen, um mein Können breiter aufzustellen.

An zwei Abenden gehen wir zusammen aus und landen abwechselnd in einer Pizzeria oder der Saftbar. Ich liebe diese Abende. Sie sind nicht, wie es in Hamburg mit meinen Freundinnen ist, aber sie geben mir das Gefühl, ein Teil dieser besonderen Gruppe zu sein. Ich habe mein Lachen wiedergefunden und bin glücklich – so glücklich wie schon lange nicht mehr.

Die zwei freien Tage verbringe ich meist damit, die Stadt zu erkunden. Selbst dazu habe ich mich in Hamburg ja nicht mehr aufraffen können. Hier ist es mein Alltag, wieder vor die Tür zu gehen und die Welt um mich herum wahrzunehmen. Außer es schneit. Dann bewege ich mich nicht aus dem Haus.

Richtig, wir hatten schon Schnee in München.

Es ist nicht so, dass mir das Konzept „Schnee" vollends fremd ist, aber Schnee ist in Hamburg definitiv seltener und sehr viel schneller weg als in München. Hier lagen in den letzten Tagen bis zu vier Zentimeter, was mich am liebsten die Tage im Bett hätte verbringen lassen. Ich bin kein Schneemensch, absolut nicht. Die Idee, meine Tage in einer Hütte umgeben von Schnee zu verbringen, jagt mir einen Schauer über den Rücken.

Also verkrieche ich mich, sobald es schneit. Je weniger ich davon sehe, umso besser.

Aber da ist Only. Dank Only bin ich tapfer vor die Tür getreten und zur Arbeit gegangen. Ich hatte auch keine andere Wahl. Hätte ich es nicht getan, Only hätte mich wohl persönlich abgeholt.

Meine Hamburger Truppe habe ich mit unzähligen Bildern versorgt, von Schneeflocken, frischem Schnee, Schneematsch, getauten Rinnsalen auf der Straße ... Ich habe alles geknipst, was mir vor die Handylinse gekommen ist.

Die Mädels haben das fleißig kommentiert, selbst Viper hat hin und wieder einen Spruch abgelassen.

Nur Alex hat sich ziemlich zurückgehalten, nur hier und da einen Smiley geschickt.

Es macht mich traurig und lässt mich laut seufzen und die Augen verdrehen, weil ich mit meinen Gedanken doch wieder bei ihm gelandet bin.

„Und das nur, weil ich frei habe und nicht abgelenkt bin. Nur deswegen", murmele ich vor mich hin und zwänge mich in meine Lieblingsjeans.

Noch so ein Thema. Früher habe ich diese Jeans einfach hochziehen können. Jetzt muss ich jedes Bein einzeln nach oben ziehen, dann hüpfen, damit ich sie über den Hintern bekomme und schlussendlich sogar die Luft für einen Moment anhalten, um die Knöpfe schließen zu können.

Das Essen in München ist nämlich auch anders. Es schmeckt mir besser. Beziehungsweise sage ich weniger nein und habe die Neigung entwickelt, mir noch einen Nachtisch zu nehmen. Aber es backt ja auch ständig irgendwer am Theater, weil Geburtstag ist, Jahrestag, Scheidung oder einfach nur gutes Wetter. Oder Schnee.

Ich rede mir ein, dass ich damit nur den Rat meiner Mutter befolge, das Leben mehr zu genießen. Die Wahrheit ist wohl eher, dass ich einfach keine Lust mehr habe, ständig auf alles zu achten und mich einzuschränken in dem, was mir wirklich schmeckt. Und weil es natürlich unhöflich ist, bei dreien etwas zu nehmen und bei der vierten Person nicht. Rede ich mir zumindest sehr erfolgreich ein.

Als es an der Tür klingelt, macht mein Herz einen Hüpfer. Ich stolpere um Haaresbreite auf dem Weg zum Türöffner und kann es kaum erwarten, bis der Aufzug vor mir endlich seine Türen öffnet – und meine beste Freundin auswirft, die mir direkt um den Hals fällt.

„Ich habe dich sooo vermisst", murmelt Ella an meiner Schulter und drückt mich nur noch fester.

Mein Blick huscht zum Aufzug und trifft Viper, der diesen gerade verlässt.

„Ich habe euch auch vermisst", antworte ich, als Viper sich dazugesellt und uns beide drückt. „Kommt rein, ich habe den Kaffee gleich fertig."

Ella sieht sich neugierig um, was ich gut verstehe. Die Wohnung ist klein, aber wunderschön. Mein vorübergehendes Domizil liegt im Dachgeschoss, hat allerdings hohe Wände, bevor es in die Schräge übergeht. Und überall sind Oberlichter, die für viel natürliches Licht sorgen.

Der Boden ist bedeckt mit beigen Fliesen, die Wände sind eierschalenfarben gestrichen. Alles ist hell, wirkt einladend und dennoch klar strukturiert.

Die beiden nehmen direkt nebeneinander auf dem braunen Sofa Platz und beobachten, wie ich in der Küche, die tatsächlich nur aus einer Arbeitsplatte mit Herd und Spüle besteht, den Kaffee mache und auf den kleinen Couchtisch stelle, bevor ich mich auf den Sessel ihnen gegenüber setze.

„Also, alles liebe zum Geburtstag. Auch wenn ich dir übel nehme, dass du den nicht bei uns feierst", sagt Viper und zwinkert mir zu.

Ich lache leise. „Wir feiern ja trotzdem zusammen."

Viper mustert mich mit zusammengezogenen Augenbrauen.

„Was ist?", will ich wissen, doch schon bevor er etwas sagt, bereue ich die Frage. Ich ahne, was folgen wird.

„Er hatte vor, mitzukommen, weißt du? Aber nachdem Ella dich schon überreden musste, dass wir überhaupt hier sein dürfen, wollte er nicht auch noch fragen. Er vermisst dich."

„Wir alle vermissen dich", pflichtet Ella ihm bei. „Und das hier ist doch kein Feiern für dich, Mona. Ehrlich. Wieso gehst du nicht aus, lässt es richtig krachen? Den dreißigsten Geburtstag feiert man doch nicht mit Streuselkuchen und Kaffee im Wohnzimmer." Sie schüttelt entrüstet den

Kopf.

„Da ich morgen frei habe, können wir auch feiern gehen. Allerdings weiß ich nicht, wo man hier gut weggehen kann. Nicht im Nachtleben zumindest, bisher habe ich mir zwar viele Sehenswürdigkeiten angesehen an freien Tagen, aber feiern war ich nicht, außer in der Saftbar mit meinen Kollegen."

Die beiden werfen sich einen Blick zu, der mich die Stirn runzeln lässt.

„Da ist doch irgendetwas im Busch, raus damit", sage ich und ernte ein Seufzen von Ella, bevor die beiden um die Wette strahlen.

„Aus feiern wird vorerst nichts", beginnt Ella. „Ich wollte es dir erzählen, bevor es zu offensichtlich ist und alle außer dir Bescheid wissen." Sie legt eine Kunstpause ein und holt tief Luft, was mich nervös macht. „Ich bin schwanger. Wir bekommen ein Baby", lässt sie die Bombe platzen.

Als die Botschaft richtig bei mir ankommt, kreische ich vor Freude laut auf, werfe beinah die Tassen auf dem Couchtisch um, als ich zu Ella springe, um sie fest zu drücken.

„Oh mein Gott, das sind fantastische Neuigkeiten! Wann ist es so weit? Wisst ihr schon, was es wird? Habt ihr das Kinderzimmer bereits eingerichtet? Und was ist mit einem Namen? Habt ihr schon einen Namen?"

Ella kichert und Viper lässt sich ebenfalls von mir drücken.

„Ganz langsam", sagt er, als ich mich wieder auf meinen Platz setze. „Wir haben noch nichts vorbereitet oder Namen ausgesucht und der Geburtstermin ist Ende Juni, also haben wir noch Zeit."

„Aber wir wollten, dass du es als Erste erfährst."

„Das ist so ein grandioses Geburtstagsgeschenk! Hast du deswegen bei meinem Abschied nur Saft getrunken?"

Viper grinst und Ella zischt ihm ein *„Benimm dich"* zu. „Ja, so halb. Ich wusste es da noch nicht, ich dachte, wir üben noch. Den Test gemacht habe ich erst eine Woche später. Willst du die Ultraschallbilder sehen?"

Die nächste Stunde dreht sich alles einzig und allein um Babynamen, Schwangerschaftsprobleme und die Aussicht, Ella's Mutter zur Oma zu machen.

„Meine Eltern wissen noch nichts davon", sagt Ella. „Ich habe Angst, dass meine Mutter direkt nach Hamburg zieht, wenn ich ihr vom Baby erzähle. Ich denke, wir werden ihnen die freudige Nachricht

Weihnachten überbringen, wenn wir über die Feiertage da sind. Oder kommst du nach Hause?"

„Nein, ich werde hierbleiben. Wir haben am zweiten Weihnachtsfeiertag eine Aufführung und ich habe Dienst. Also bleibe ich hier, damit ich nicht den ganzen Feiertagsverkehr mitbekomme. Und die Flüge sind auch nicht gerade billig zu der Zeit. Außerdem bin ich noch nicht bereit, zurück nach Hamburg zu gehen."

„Wovor läufst du eigentlich weg?", fragt Viper, der die letzten Stunden kaum etwas gesagt hat.

„Ich weiß nicht, was du meinst", antworte ich nach einem Moment, in dem mein Herz ziemlich gestolpert ist. „Ich laufe nicht weg."

„Stimmt, du bist geflogen, nicht gelaufen. Die Frage ist nur: Versteckst du dich vor deiner Zukunft oder Vergangenheit?"

Ich will ihn hassen, weil er damit alles wieder hervorholt, was ich in den letzten Wochen erfolgreich verdrängt habe. Auf einmal ist es wieder da. Die unerwiderten Gefühle für Alex, die Art, wie er mich immer wieder ignoriert und übersehen hat. Der Verlust unserer Freundschaft. Alles.

Als Ella mich in den Arm nimmt und mir

über die Wangen wischt, merke ich erst, dass ich weine.

„Ich kann das nicht. Ich kann nicht zurückgehen und weiter mitansehen, wie er mich immer wieder ignoriert und nach und nach vergisst. Ich kann nicht mehr dasitzen und zuschauen, wie er eine Telefonnummer nach der nächsten zugesteckt bekommt. Er sieht alle. Nur mich nicht. Und das kann ich nicht mehr."

„Ach Süße", flüstert Ella und drückt mich fest an sich, als meine Tränen zu einem Sturzbach werden und alles aus mir herausbricht. Die Anspannung der letzten Monate entlädt sich mit einem Schlag.

„Also, den Geburtstag werde ich wirklich nie vergessen", versuche ich die Stimmung aufzulockern, als ich mich endlich beruhigt habe. „Erst werde ich Tante und dann kommt der ganze Herzschmerz wieder raus."

Viper beobachtet mich stumm und klopft mit dem Handy auf seinen Oberschenkel. „Du liebst ihn, oder?"

Erst nicke ich nur leicht, aber dann hole ich tief Luft und spreche es aus. „Ja, ich liebe ihn. Ich hab mich schon vor Jahren in ihn verliebt. Und als er mich bei eurer Hochzeit in der Kirche geküsst hat, da dachte ich wirklich, dass wir eine Chance haben. Nur hat er danach mehr als deutlich gemacht, dass er den Kuss bereut. Und ich vermisse ihn so unglaublich. Ich vermisse euch alle", gestehe ich schließlich.

„Ich kann mir nicht vorstellen, dass er den Kuss bereut", sagt Ella, doch ich unterbreche sie, bevor sie weiterspricht.

„Er hat es mir am Flughafen gesagt. Für ihn war der Kuss ein Fehler. Also wird sich rein gar nichts an der Situation ändern, bis ich meine Gefühle im Griff habe. Dann können wir vielleicht wieder normal miteinander umgehen."

„Na ja, ich muss dir ja nicht sagen, dass sich Gefühle nicht so einfach abschalten lassen. Sieh nur mich und Viper an", sagt Ella und ich ringe mir ein Lächeln ab. Die beiden haben in der Tat eine aufregende Zeit hinter sich, nachdem sich jahrelang nichts tat, weil sie zu feige waren.

„Wir werden eine Lösung finden", sagt Viper völlig überzeugt.

Ich wünschte, ich wäre so zuversichtlich wie er.

Irgendwann spät am Abend, als die beiden bereits gegangen sind, suche ich nach meinem Handy und scrolle langsam durch die Nachrichten, bedanke mich für die zahlreichen Glückwünsche. Und dann ploppt eine Benachrichtigung auf dem Bildschirm auf, mit seinem Namen.

Alex.

Mein Herzschlag beschleunigt sich auf das Doppelte, nur weil ich den Namen lese. Meine Hände werden feucht und ich atme aufgeregt tief ein.

Vor einigen Stunden dachte ich noch, dass ich bald damit abschließen kann. Aber meine Reaktion beweist das Gegenteil.

Ich schließe die Augen und lasse das Schicksal entscheiden, ob ich die Nachricht heute noch lese oder aber das Handy bis morgen in die Ecke lege. Ich tippe mit dem Daumen blind auf den Bildschirm, warte einen Moment und werfe dann einen vorsichtigen Blick auf das Display.

Die Nachricht ist offen und raubt mir den Atem.

Alles Gute zum Geburtstag, Prinzessin. Du fehlst mir auch.

Kapitel 17

02. Februar 2018

Es ist seltsam. Je mehr man etwas herbeisehnt, umso länger dauert es. Ich stehe gerade vor dem Gegenteil. Die Zeit in München war aufregend und anstrengend und ich habe nicht gemerkt, wie die Monate verflogen sind.

Denn das sind sie, heute ist bereits mein letzter Abend in München.

Wir haben keine Vorstellung, trotzdem bin ich auf dem Weg ins Theater, zum letzten Mal.

Only hat alle zusammengetrommelt, damit wir „in aller Ruhe" meinen Abschied feiern können.

„Da ist sie endlich!", werde ich direkt begrüßt und die ersten fallen mir um den Hals, lassen mich beinah die große Tasche mit dem Kuchen verlieren.

„Da bin ich", antworte ich und kämpfe gegen die plötzlich aufsteigenden Tränen.

Schon seltsam. Ich hatte immer das Gefühl, in München ein wenig fremd zu sein, auch wenn ich in die Gruppe integriert war. Aber jetzt fühlt es sich an, als würde ich einen Teil Familie zurücklassen, wenn ich gehe, und nicht nur Arbeitskollegen.

„Hier wird verdammt nochmal NICHT geweint!", schimpft Only und dreht die Musik lauter. „Wir werden jetzt auf jeden Fall feiern, dass wir dich Nordlicht überstanden haben!"

Damit bricht die halbe Belegschaft in Gelächter aus – ich mittendrin.

„Überstanden?", frage ich gespielt empört. „ICH war die, die sich hier umstellen musste, um euer Kauderwelsch zu verstehen!"

Es wird ein fantastischer Abend. Wir tanzen, wir lachen, wir singen Karaoke und lachen noch mehr, weil es bei den meisten grauenhaft klingt, allen voran bei mir.

Only schafft es, dass ich mit trockenen Augen gehen kann, nachdem ich mich von allen verabschiedet habe und mein Geschenk in den Händen halte: Die erste Perücke, die ich selbst gemacht habe, darf ich tatsächlich mit nach Hamburg nehmen, sie muss nicht hier am Theater bleiben.

„Ich danke dir. Und ich werde dich nie vergessen", flüstere ich Only ins Ohr, als wir uns umarmen.

„Natürlich nicht, mich gibt es nur ein einziges Mal."

Es fühlt sich an, als würde eine Ära enden, als sich die Tür des Theaters zum letzten Mal hinter mir schließt.

Kapitel 18

03. Februar 2018

Erschöpft lasse ich mich in den Fenstersitz im Flugzeug fallen, bereit, wieder nach Hause zurückzukehren. Weil länger zu bleiben keine Option ist. Und weil ich tatsächlich am Montag ein Vorstellungsgespräch habe, das mir Clarissa und Fernando organisiert haben, wie sie es mir damals versprochen haben.

Nach Hause.

Der Satz fühlt sich seltsam an. Bin ich in Hamburg wirklich noch zu Hause?

Die Stimmung zwischen Alex und mir ist komisch. Ich meine, nach dem Kuss war sie unterkühlt, angespannt, ungewiss – was auch immer. Seit dem Streit haben wir für lange Zeit den Begriff „Eiszeit" neu definiert. Aber nachdem er sich an meinem Geburtstag gemeldet hat, sind wir langsam aufgetaut. Zumindest rede ich mir das ein, auch wenn ich immer noch vorsichtig bin.

Auftauen bedeutet, dass wir wieder mehr miteinander zu tun haben werden, wenn ich zurück bin. Und das wird auch bedeuten, dass ich mein Herz einmauern muss, so gut es geht. Um keine Hoffnung zuzulassen, dass sich doch noch etwas zwischen uns entwickelt. Denn das wird es nicht geben.

„Zeit für einen Neuanfang", murmele ich vor mich hin und ernte dafür ein Schnauben vom Nachbarsitz. Ich wende mich der älteren Dame zu. „Wie bitte?"

„Neuanfänge sind nur etwas für Feiglinge. Mutige Menschen bringen zu Ende, was sie begonnen haben."

Die Aussage lässt mich nicht los, bis wir in Hamburg landen. Bin ich feige, weil ich mich der Sache zwischen Alex und mir nicht stelle? Ich meine, das ist auch das, was Ella und Viper gesagt haben. Und zugegeben, in den letzten Wochen selbst Laura und Sascha. Gut, jeder der uns beide und vor allem mich sehr gut kennt, hat dies gesagt.

Aber muss ich den ersten Schritt machen? Kann nicht er zuerst auf mich zugehen? Warum ich?

Er hat dich geküsst. Er hat dir geschrieben, dass er dich vermisst. Jetzt bist du dran, flüstert eine Stimme in meinem Inneren und ich stöhne laut auf. So weit ist es schon mit mir gekommen. Ich steige aus einem Flugzeug und führe in meinem Kopf Selbstgespräche. Wunderbar. Wie war das noch mit der Therapie, die ich brauchen könnte? Jetzt brauche ich sie definitiv. Vielleicht sollte ich gleich die Gelben Seiten nach einem Therapeuten durchforsten.

Halt. Gibt es die Gelben Seiten noch? Oder macht man heute alles mit dem Handy? Okay, ist auch eine Idee.

„Da bist du endlich wieder!" Sascha nimmt mich fest in den Arm und will mich kaum loslassen, als er mich zwischen all den Menschen in der Ankunftshalle entdeckt. Und ich freue mich genauso, ihn zu sehen.

„Da bin ich wieder", antworte ich und lasse mir von ihm den Koffer abnehmen.

Auf der Fahrt fragt er mich über alles aus, als hätten wir in all den Monaten nicht ein Wort miteinander gewechselt, was nicht stimmt. Ich habe ihnen so oft wie möglich erzählt, was ich erlebt habe.

Als wir endlich an meiner Wohnung ankommen und ich schon den Wagen verlassen will, greift er nach meinem Arm und hält mich auf.

„Nimm es ihm nicht übel", sagt er, lässt mich los und verlässt direkt das Auto.

Ich bin verwirrt von seiner Aussage, aber auf der anderen Seite so erleichtert, wieder zu Hause zu sein, wieder freier atmen zu können. Erst jetzt wird mir klar, wie sehr ich Hamburg vermisst habe, wie sehr mir allein meine Wohnung fehlte. Ein Stück Heimat. Also frage ich nichts, sondern gehe zum Haus, während Sascha sich um mein Gepäck kümmert, und schließe die Wohnungstür auf.

Ich gehe durch den Flur direkt ins Wohnzimmer und stocke. Denn da steht er, Alex, und grinst mich an. Für einen Moment bin ich so geschockt, dass ich gar nicht bemerke, dass sie alle da sind. Erst, als Ella und Laura mir gemeinsam um den Hals fallen, erwache ich aus meiner Starre.

„Überraschung", sagt Viper und drückt mich, sobald die Mädels mich loslassen. Und auch Alex nimmt mich in den Arm, was mein Herz zu Höchstleistungen antreibt. Weil es nach ein paar Sekunden ohne Herzschlag plötzlich losgaloppiert und sich nicht entscheiden kann, ob es sich freut, ihn zu sehen oder ob eine gerade gekittete Stelle wieder bricht bei seinem Anblick. Ich habe ihn so sehr vermisst.

„Schön, dass du endlich da bist", murmelt er in meine Haare und lässt mich erst nach neun Sekunden los. Ja, ich habe mitgezählt. Nein, darüber möchte ich nicht weiter reden. Es verwirrt mich ungemein. Ein weiterer Punkt für den noch zu findenden Therapeuten.

„Also, was habe ich alles verpasst?", frage ich nach einmal tief durchatmen und lasse mich auf den neuesten Stand bringen.

Vor allem, was Ella's Schwangerschaft angeht und den Beschützerinstinkt, den Viper nun noch mehr zur Schau trägt. Aber immerhin hat er jetzt zwei Menschen zu beschützen, nicht nur seine Ella.

„Bei dir irgendetwas Neues?", richte ich mich an Alex, der nur hin und wieder ein paar kleine Bemerkungen eingeworfen hat, sich sonst aber zurückgehalten hat.

„Nein, nicht wirklich", ist alles, was er dazu sagt und richtet dann den Fokus wieder auf mich. „Schieß los, was hast du erlebt da unten?"

Also berichte ich diesmal ohne hunderte von Kilometern zwischen uns von den Monaten in München und merke gar nicht, dass Laura und ich zur Feier des Tages gemeinsam bereits eine Flasche Sekt geleert haben.

„Bobby ist verliebt", nuschelt sie irgendwann neben mir und klingt leicht beschwipst. So angetrunken, wie ich mich fühle, nachdem ich seit Monaten außer einem Bier nichts mehr getrunken habe. Sascha, der auf ihrer anderen Seite sitzt, zuckt zusammen und nimmt ihr das noch halbvolle Glas ab, was sie empört grummeln lässt.

„Ich glaube, wir fahren jetzt besser nach Hause, Mäuselchen. Du hast eindeutig genug getrunken für heute."

„Mäuselchen?" Ich weiß nicht, was mich mehr schockiert. Das Wort an sich, oder dass er ihr überhaupt einen Kosenamen verpasst hat. „Du nennst sie Mäuselchen? Wie zum Geier kommt man denn auf DEN Namen?"

Jetzt lachen alle und Sascha wird leicht rot. Noch etwas Neues, wie ich fasziniert bemerke. Seit wann wird er rot?

„Weil ich doch so süß bin", schwärmt Laura und kichert. „Neben Sascha sehe ich doch wirklich aus wie ein kleines Mäuschen."

„Das kommt auf jeden Fall hin", bestätigt Ella und wir lachen wieder. Sascha ist mit seinen ein Meter fünfundsiebzig immerhin drei Zentimeter kleiner als ich, überragt Laura damit aber um mehr als zwanzig Zentimeter. Selbst unsere kleine Ella ist zehn Zentimeter größer als Laura.

„Und ich brauche so wenig Platz neben ihm auf dem Sofa." Laura nickt so sehr, dass ich einen Moment befürchte, sie würde sich selbst das Genick brechen.

„Warte, was?", frage ich und sehe Sascha mit hochgezogenen Augenbrauen an. „Bist du bei Laura eingezogen?"

Er wird erneut rot und nickt schließlich. „Ja, nachdem sie sich von René getrennt hat, brauchte sie einen neuen Mitbewohner. Also habe ich das leere Zimmer genommen."

„Warum erzählt mir das denn keiner? Ich wusste nur, dass du hier ausziehst."

„War ja nicht wichtig", nuschelt er und hilft Laura aufzustehen. „Und jetzt machen wir uns auf den Weg. Laura-Maus muss ins Bett."

Sie kichert und hakt sich bei ihm unter, bevor sie beide verschwinden. Dem werde ich auf jeden Fall auf den Grund gehen.

Das alles lenkt mich jedoch nur kurz von der Warnlampe ab, die in meinem Kopf angesprungen ist. Alex ist verliebt. Aber in wen? Warum erzählt er mir nichts davon? Wobei ich nicht weiß, ob ich tatsächlich mehr darüber wissen will.

Vermutlich nicht.

Bevor ich doch noch darüber nachdenken kann, klingelt ein Handy. Alle schauen in ihre Taschen, aber es ist Alex, der aufsteht und den Raum mit einem „Tut mir leid, da muss ich rangehen, das ist Mareike" verlässt.

Scheinbar bin ich die Einzige, die sich darüber wundert. Denn niemand fragt, wer Mareike ist. Und ich werde auch nicht fragen.

Ganz sicher nicht.

Auf gar keinen Fall.

„Wer ist Mareike?"

Na gut, vielleicht doch.

Statt einer Antwort ernte ich nur Schweigen. Ich weiß, dass Ella als Erste einknicken wird, also richte ich mich direkt an sie: „Komm schon, raus damit. Da scheinbar alle wissen, wer sie ist, muss sie wichtig sein. Wer ist sie?"

„Eine Freundin", klärt mich Alex auf, der just in diesem Moment wieder das Wohnzimmer betritt. „Sie ... hilft mir bei einer Sache ... und hatte noch eine ... Rückfrage. Das konnte leider nicht warten, tut mir leid."

Am meisten an diesem Satz stört mich, dass er so stockt. Alex stockt nicht in seinen Sätzen, nie. Wenn einer von uns flüssig redet, dann ist das Alex. Ich meine, er ist Anwalt, die reden immer flüssig. Oder?

„Wir sollten uns auch bald auf den Weg machen, ich bin mittlerweile ziemlich müde", sagt Ella und gähnt herzhaft.

Sie verabschieden sich alle und damit ist das Thema scheinbar für sie erledigt.

Aber noch bin ich damit nicht durch. Auf gar keinen Fall. Und dieses Mal tatsächlich nicht.

Da ist doch etwas faul dran. Es stinkt zum Himmel.

Ich werde dem auf den Grund gehen, auch wenn ich befürchte, dass mich das Ergebnis erst recht zerbrechen lassen wird.

Aber ich muss wissen, welche Rolle Mareike in seinem Leben spielt.

Kapitel 19

04. Februar 2018

In meiner Handtasche nach dem Handy wühlend, verlasse ich am frühen Nachmittag das Haus. Und werde von einer Wand gestoppt. Einer sprechenden Wand, denn ein amüsiertes „Langsam" schlägt mir entgegen.

Ich schließe die Augen und atme einmal tief durch, wappne mich für den Anblick. Was macht denn Alex hier? Wir haben uns doch erst gestern gesehen?

„Wolltest du zu mir?", frage ich, als mein Herzschlag sich wieder beruhigt hat.

„Eigentlich ja", antwortet er. „Aber du scheinst auf dem Sprung zu sein."

„Ja, ich bin unterwegs zu Clarissa und Fernando. Seit ich nach München gegangen bin, habe ich die beiden nicht mehr persönlich getroffen. Das will ich heute ändern. Mich nochmal für die Chance bedanken."

„Hast du was dagegen, wenn ich mitkomme?"

„Was?" Mein Herz setzt drei Schläge aus und stolpert dann aus dem Takt geraten wieder los. Seine Worte habe ich zwar verstanden, aber den Sinn dahinter begreife ich nicht. Warum sollte er mich begleiten?

Alex runzelt die Stirn. Scheint, als hätte ich die Frage laut gestellt.

„So haben wir die Chance, uns zu unterhalten. Und die beiden sind wichtig für dich, also würde ich sie gern kennenlernen."

„Okay", ist das, was ich sage, aber innerlich bin ich verunsichert.

Es dauert einen Moment, bis ich mich wieder gefangen habe, aber dann folge ich ihm zu seinem Wagen und nenne ihm die Adresse.

„Worüber möchtest du denn reden?", versuche ich ein Gespräch in Gang zu bringen, während er das Navi programmiert und sich dann in den Verkehr einfädelt.

„Ich weiß nicht. Was sind deine Lieblingsfarben, Lieblingsessen, deine Lebensgeschichte. Sowas halt."

„Was?" Ich schüttele den Kopf, in dem Versuch, ein wenig Klarheit in meine Gedanken zu bringen. „Ich meine, wieso willst du das plötzlich wissen?"

„Seien wir doch mal ehrlich, Mona. Wir sind seit Jahren eng befreundet. Aber was wissen wir schon voneinander? Kaum etwas. Zumindest nichts, was über die Unterhaltungen im *Viper* oder in der Clique hinausgeht. Es ist an der Zeit, das zu ändern. Das hätten wir schon vor einer Ewigkeit tun sollen."

„Okay. Also meine Lieblingsfarbe ist rot. Am liebsten in allen Schattierungen, von einem hellen Rosa bis hin zu einem satten, dunklen Weinrot, fast schon Mahagoni. Und ein Lieblingsessen habe ich nicht. Wobei, wenn man danach geht, was ich in den letzten Monaten am meisten gegessen habe, dann sind es Laugenbrezeln. Die gab es in München beinah jeden Morgen zum Frühstück, weil Only uns alle damit versorgt hat. Aber vermutlich habe ich mich daran schon sattgegessen. Das kann ich aber erst sagen, wenn ich noch eine esse."

„Wie wäre es, wenn wir uns das für nächstes Wochenende vornehmen?", schlägt er vor und verwirrt mich damit erneut.

„Ja, das könnten wir tun", sage ich nach einer Weile. „Erzählst du mir jetzt die Geschichte hinter dem Jurastudium?"

Er lacht und parkt den Wagen. „Ich fürchte, dazu ist keine Zeit mehr, wir sind da. Nimmst du mich jetzt mit rein oder muss ich doch draußen bleiben?"

„Ähm." Mehr bringe ich nicht raus, und Alex nimmt mir die Entscheidung ab, indem er den Wagen verlässt und mir die Tür öffnet. Er hält mir seine Hand hin, hilft mir beim Aussteigen und zusammen gehen wir in Richtung Haus, immer noch Hand in Hand. Damit ist die Entscheidung wohl getroffen.

„Oh." Eine überraschte Clarissa öffnet uns die Tür, hat sich aber im nächsten Augenblick wieder gefangen. „Wenn mich nicht alles täuscht, dann bist du Alex", begrüßt sie ihn und hält ihm die Hand hin.

„Der bin ich", antwortet er, lässt notgedrungen meine Hand los und ergreift ihre, beugt sich leicht vor und gibt ihr einen Handkuss. Einen Handkuss!

Clarissa strahlt ihn an, beinah so, wie sie ihren Mann anstrahlt und wirkt für einen Moment komplett verzaubert, bis sie ihre Hand zurückzieht und mich fest umarmt. „Und du bist endlich wieder zu Hause", murmelt sie an meinem Hals. „Kommt nur herein, Fernando macht uns bereits einen Kaffee."

Alex und ich nehmen nebeneinander auf dem Sofa Platz und ich fühle mich seltsam befangen, weil er mich zu Menschen begleitet, die mir unglaublich wichtig sind. Ja, das sind unsere gemeinsamen Freunde auch, aber das hier ist nochmal anders. Es fühlt sich intimer an. Dass sein Oberschenkel meinen berührt und auch unsere Schultern immer wieder aneinanderstoßen, hilft auch nicht, mich zu beruhigen, im Gegenteil.

Fernando rollt einen gut gefüllten Kaffeewagen in den Raum und begrüßt uns ebenso herzlich, bevor er sich neben Clarissa auf das zweite Sofa setzt und ihr einen Kuss auf die Wange drückt. Ihr Lächeln bringt mich dazu, mich ein wenig zu entspannen, und lässt meine Mundwinkel ebenfalls nach oben wandern.

„Also, wie hat es dir in München gefallen?", nimmt er das Gespräch auf, nachdem wir uns am Kaffee bedient haben.

„Es war fantastisch", beginne ich und erzähle mit immer mehr Begeisterung von meiner Zeit und beschreibe für Clarissa alles so farbig wie möglich. Die Kollegen, die Vorstellung, was ich gelernt und für mich mitgenommen habe.

Ich bin ihnen unendlich dankbar für diese Chance und versuche, das zu zeigen.

Es dämmert draußen bereits, als die beiden uns zur Tür begleiten. Für einen

Moment bin ich überrascht, ich habe nicht gemerkt, dass so viel Zeit vergangen ist.

„Er ist es", flüstert mir Clarissa beim Abschied zu und meine Gedanken fahren Karussell.

Alex kam gut bei beiden an, alle drei haben sich problemlos verstanden. Und nachdem ich etwas aufgetaut war, wirkte es ganz natürlich, dass er mich begleitet.

„Gehen wir noch etwas essen?", fragt er, als wir im Auto sitzen und er den Wagen startet.

„Danke, aber ich würde lieber nach Hause. Ich bin schon recht müde", lehne ich ab und bin mir nicht sicher, was ich von diesem Tag halten soll, oder seiner Einladung.

„Okay, dann fahre ich dich nach Hause."

Die Fahrt verbringen wir in entspanntem Schweigen.

Meine Gedanken sind laut genug.

Kapitel 20

22. Februar 2018

Es ist der erste Donnerstag *nach München*, den wir wieder alle gemeinsam im *Viper* verbringen. Ich bin spät dran, aber ich habe auch einen verdammt guten Grund, immerhin habe ich eben meinen neuen Arbeitsvertrag unterschrieben. Und das ist etwas, das ich mit meinen Freunden feiern muss, auf jeden Fall. Mit Saft und Limo, aber wir werden es heute feiern. Endlich geht ein Traum in Erfüllung!

Automatisch scanne ich den Raum nach der Truppe. Ella entdecke ich sofort, sie sitzt am Stammplatz in unserer Lieblingsecke, neben ihr Sascha und Viper.

Auf der Suche nach Laura treffen meine Augen auf Alex, der noch am Tresen steht, allerdings nicht hinter der Theke, sondern davor, in ein Gespräch vertieft.

Zuerst erkenne ich nicht, mit wem er spricht, weil die Person von ihm verdeckt wird. Bis ich einige Schritte weiter in Richtung meiner Freunde gehe. Rote, lange Haare, zu einem Zopf geflochten. Enge, dunkle Jeans, hohe Schuhe, eine weiße Bluse und dann sehe ich das Gesicht. Die Frau, mit der Alex spricht, ist wunderschön.

Auf die Entfernung ist es unmöglich zu erkennen, ob sie geschminkt ist. Aber das ist nicht wichtig.

Ich beobachte die beiden weiter, sie wirken sehr vertraut. Gerade beugt er sich zu ihr vor und nickt dann, bevor er etwas sagt. Schade, dass ich zu weit weg bin, um zu verstehen, worüber sie sprechen.

Ja, Neugier ist der Katze Tod. Und wenn es danach geht, bin ich die Erste, die gleich das Zeitliche segnet.

„Hey, da bist du ja endlich", fällt mir Laura um den Hals, ohne, dass ich sie bemerkt hätte, und lenkt meine Aufmerksamkeit damit weg von Alex und seiner Begleitung.

„Ist das Mareike?", frage ich, weil ich die Chance nutzen will, nur mit Laura allein zu reden. Denn ich gehe jede Wette ein: Sind wir alle zusammen, werden sie mich so lang ablenken, bis ich meine Frage vergessen habe. Aber das muss ich klären.

Ich meine, seit wir bei Clarissa und Fernando gewesen sind, waren wir schon zweimal allein unterwegs. Einmal gingen wir zusammen frühstücken, damit ich meine Theorie mit den Laugenbrezeln prüfen konnte, wie er sagte und beim zweiten Mal waren wir im Kino, in einem Film, den laut ihm keiner unserer Freunde sehen wollte.

Nein, weder er noch ich haben das „Date" genannt. Aber es hat dafür gesorgt, dass ein kleines Pflänzchen Hoffnung in mir herangekeimt ist, so sehr ich auch versucht habe, das zu verhindern. Also muss ich wissen, wer diese Frau ist.

Laura sieht von mir zu Alex und dann wieder zurück. Ich kann beinah hören, wie sich die Rädchen in ihrem Kopf drehen und ihr Gesicht verrät deutlich, dass sie nicht weiß, was sie darauf antworten soll.

„Komm schon, raus damit, Laura. Sag mir, wer das ist. Bitte."

Sie seufzt und nickt schließlich. „Ja, das ist Mareike. Aber mehr werde ich nicht sagen, du musst ihn fragen. Ich weiß, Geheimnisse sind nicht gut, aber als ich damals seine Hilfe brauchte, hat er niemandem gesagt, worum es ging. Und ich bin mir sicher, dass er mit dir über Mareike reden *wird*. Also vertrau darauf, dass er das tut. Vertrau ihm. Jetzt brauche ich aber eine Limo und wir *alle* wollen wissen, was aus deinem Vorstellungsgespräch geworden ist."

Ich drehe mich noch einmal zu Alex um und sehe, wie er sich lächelnd von Mareike verabschiedet. Bevor er merkt, dass ich ihn beobachte, wende ich mich unserem Tisch zu, suche mir einen Platz und wir fünf tauschen kleine Neuigkeiten aus, bis Alex mit den Getränken zu uns kommt.

„Ich habe den Job", beginne ich und alle jubeln mit mir. „Ich fange zum ersten März an und die Stelle ist super. Am Theater, ich darf nicht nur in der Maske helfen, sondern sogar ein bisschen bei den Kostümbildnern. Nicht viel, weil ich da nur wenig Erfahrung habe, aber es ist ein super Anfang. Einen Teil des Teams, mit dem ich zu tun haben werde, durfte ich heute schon kennenlernen. Sie sind spitze. Zu manchen Vorstellungen müssen wir alle da sein, aber die meisten anderen können wir uns recht frei aufteilen."

„Das klingt fantastisch", stimmt Ella mir zu. „Darauf stoßen wir an!"

„Prosit!", jubeln alle.

Ich liebe meine Freunde. Wobei ich mir nicht sicher bin, ob ich Ella noch mag, als sie sich mit „Du hast den Job nur, weil du das richtige Parfum trägst" über mich lustig macht.

„Du bist doof." Ich lache sie an und wir prosten uns zu.

„Du liebst mich trotzdem."

„Ja, das tu ich", stimme ich ihr zu.

Sogar den Idioten Alex mir gegenüber, dessen Blick ich immer wieder deutlich spüre und den ich nicht deuten kann.

Der Fokus des Gespräches verlagert sich langsam von mir auf die anderen, was mir etwas Ruhe gönnt.

„Ach, das hätte ich beinah vergessen", sagt Laura, schlägt sich mit der Hand an die Stirn und setzt sich wieder, nachdem sie schon alles in der Hand hatte, um zu gehen. „Ella, du bist doch in der Werbeagentur, oder? Mein Onkel, dem der Brautladen gehört, in dem ich arbeite, will mehr Werbung machen. Er weiß aber nicht, wie er das anstellen soll. Kannst du ihm einen Termin bei euch besorgen, damit wir ausloten, was möglich ist und wie?"

„Klar, ich gebe dir direkt morgen Bescheid."

„Super, das ist wirklich lieb von dir. Wir müssen ein bisschen Schwung in den Laden bringen. Er liegt nicht so zentral, deswegen werden wir von vielen übersehen. Und wir sind nicht großartig aktiv in den sozialen Medien. Darüber läuft ja heute aber fast alles."

„Ihr solltet auf jeden Fall Fotos von aktuellen Modellen online stellen", werfe ich ein. „Das ist immer gut. In allen gängigen Portalen, wobei auch die Frage ist, welche Altersklasse eure Zielgruppe ist. Ich bin viel in den sozialen Medien unterwegs und schaue mir alles an. Eher im Hinblick auf Make-up, aber das ist ja ebenfalls wichtig bei Hochzeiten." Ich zwinkere Ella zu, die laut lacht.

„Ich weiß noch verdammt gut, wie du mich für meine erste Hochzeit aufgebrezelt hast. Das werde ich vermutlich nie vergessen."

„Das werden wir beide nie vergessen", stimme ich ihr zu.

„Die schönste unwillige Braut der Welt. Und ganz allein mein", sagt Viper und drückt ihr einen Kuss auf die Stirn. Denn wie immer sitzen die beiden enger zusammen als siamesische Zwillinge. Einfach süß.

„Ich wünschte, ich wäre damals schon dabei gewesen." Laura seufzt verträumt.

„Ein denkwürdiger Tag für alle." Mein Blick huscht zu Alex. Ob auch er sich an unseren Kuss erinnert, so wie ich in diesem Moment?

Bereits einen Wimpernschlag später könnte ich mir selbst dafür in den Hintern treten. Ich wollte doch nicht mehr an den Kuss denken, nicht schon wieder in dieser Schleife gefangen sein, in der ich mich erst frage, warum zum Geier er mich geküsst hat und dann, wieso in aller Welt er den Kuss bereut. Und was sein komisches Verhalten in letzter Zeit zu bedeuten hat.

Meine Güte, es war ja nicht einmal ein richtiger Kuss. Es war gerade mal ein Bussi, wie ich ihn auch meiner besten Freundin geben würde.

Und doch hänge ich selbst Monate, ja fast Jahre später noch immer in dieser Schleife fest.

„Wie war eigentlich deine erste Hochzeit?", unterbricht Laura meine rasenden Gedanken. „Ich meine, mittlerweile wissen wir ja alle, dass es nicht echt war, aber wie ist das alles abgelaufen?"

Sascha bricht in wildes Gelächter aus und ohne Weiteres bin ich wieder da, Silvester in Berlin und beginne zu erzählen.

31. Dezember 2016

Es tat so unglaublich gut, Zeit mit meinem besten Freund aus Kindertagen zu verbringen. Vor Bobby. Vor dem Kuss und vor meiner Eifersucht.

Seit Stunden quatschten und lachten wir über Gott und die Welt, über die Jahre, die uns getrennt hatten und wanderten von einem Spieltisch zum nächsten, versuchten überall wieder unser Glück. Allerdings ließ es auf sich warten.

Kurz vor Mitternacht trafen wir meine Mutter auf dem Dach des Kasinos, wo das Feuerwerk stattfinden sollte und bewunderten einen Elvis, der eine recht brauchbare Interpretation von „Love me tender" von sich gab. Mit vollstem Körpereinsatz.

„Sagt mal, ihr zwei", begann meine Mutter mit einem Blick auf die Uhr, „da es gleich losgeht mit dem Feuerwerk und ihr zwei euch doch schon so lang kennt – wird es einen Mitternachtskuss geben?"

Ich lachte laut, während Sascha sich verlegen räusperte.

„Komm schon, es wäre nicht unser erster Kuss", scherzte ich und erntete damit einen überraschten Blick meiner Mutter.

„Ja, aber damals haben wir nur experimentiert", gab Sascha schließlich zu und grinste mich dann an. „Aber heute wissen wir ja, wie es geht. Schlechter als damals kann es also nicht werden."

Im nächsten Moment begann der Countdown und mein Schicksal war besiegelt. Nach endlosen Jahren würde ich den Jungen wieder küssen, der mir damals meinen ersten Kuss stahl. Nur, dass er jetzt ein erwachsener Mann war und ganz sicher kein kleiner Junge mehr, und wir uns nicht hinter der Holzhütte auf dem Spielplatz versteckten.

Der Kuss war ... nett. Ich war überrascht und verwirrt, dass Sascha mich kein bisschen vorsichtig küsste, sondern so, als hätten wir das bereits unzählige Male getan, als wären wir seit langer Zeit ein Paar.

Als der Kuss endete und wir uns alle gegenseitig umarmten und ein Frohes Neues Jahr wünschten, war ich immer noch verwirrt.

„Also, ich finde ja, dass ihr zwei perfekt zusammen passt. Ihr kennt euch seit Jahren, wisst sicher mehr voneinander, als jeder andere. Warum ist aus euch denn nie ein Paar geworden?"

Sascha und ich sahen uns an und zuckten

zeitgleich mit den Schultern. Es hatte sich schlicht und einfach nie ergeben. Nach dem einen Kuss-Experiment in der fünften Klasse waren wir nur noch platonische Freunde, auch wenn wir über alles sprachen. Wirklich alles. Wir waren ein eingeschworenes Team gewesen, bevor es mich nach Hamburg gezogen hatte. Wo der eine war, war der andere nicht weit. Was der eine wusste, das hat auch bald der andere erfahren. Wir hätten Zwillinge sein können.

„Tja", begann Sascha schließlich, „was nicht ist, kann ja noch werden."

Bevor ich überhaupt fragen konnte, was er mit dieser kryptischen Aussage meinte, nahm meine Mutter wieder das Zepter in die Hand.

„Ich bin ja der Meinung, dass ihr alt genug seid, endlich sesshaft zu werden. Und ich weiß, Mona wird mich dafür umbringen, aber ich möchte irgendwann einmal Oma sein. Warum also nicht gleich Nägel mit Köpfen machen?"

„Nägel mit Köpfen?", fragte ich dümmlich und starrte in mein leeres Sektglas. Wie viel Alkohol hatte ich heute schon getrunken? Mit Sicherheit genug, denn ich hatte das Gefühl, irgendetwas wichtiges nicht zu verstehen. „Kinder brauchen eine Weile, soweit ich weiß."

„Dummerchen, ich rede von der Hochzeit. Es gibt hier eine Kapelle, in der geheiratet werden kann", klärte uns meine Mutter auf und ich war für einen Moment sprachlos. Als Sascha dann mit einem nickenden „Ja, das klingt nach einem Plan" antwortete, klappte mir der Unterkiefer äußerst unansehnlich nach unten.

„Ist das euer Ernst?", war alles, was ich herausbekam.

„Ich finde, das klingt super. Ich bin Single. Oder hast du jemanden in Hamburg?"

„Nein, aber …"

Meine Mutter unterbrach mich. „Ihr braucht nur euren Ausweis und einen Trauzeugen. Beides vorhanden. Ihr könnt euch von Elvis trauen lassen, das wird spektakulär. Auch wenn es nicht die Traumhochzeit ist, die du immer wolltest, Mona, aber das könnt ihr ja nachholen. Also, wollen wir?" Sie klatschte in die Hände und mit diesem Geräusch und dem Alkohol in meinem Blut traf ich meine Entscheidung.

Ich würde heute meinen besten Freund heiraten. Weil er mich wollte. Und der Mann, den ich eigentlich liebe, der wollte mich nicht.

Aber ist ewige Freundschaft nicht so viel besser und sicherer als Liebe? Eben. Ist sie.

Auch wenn ich gern eine riesige Hochzeit mit all meinen Freunden gefeiert hätte, in diesem Moment klang es ausgezeichnet, sich hier und jetzt in der Kapelle des viel zu lauten Casinos von einem viel zu künstlichen Elvis trauen zu lassen.

Ich war bereit, den größten Fehler meines Lebens zu begehen.

01. Januar 2017

Es fiel mir unsagbar schwer, die Augen zu öffnen. Es war, als lägen Gewichte auf meinen Lidern, und verhinderten, dass ich dem neuen Tag entgegensehen konnte.

Ich war überrascht, keine rasenden Kopfschmerzen zu haben, sondern nur eine leichte Spannung hinter der Stirn zu fühlen. Dabei mussten wir gestern einiges mehr getrunken haben, als ich vertrug. Ich war mir sicher, dass wir ordentlich mit Alkohol gefeiert hatten, auch wenn ich mich nicht mehr an den Grund unserer Eskalation erinnern konnte. Neujahr allein war es nicht, das zumindest wusste ich noch.

Nach ein paar weiteren Minuten schaffte ich es endlich, die Augen einen Spalt zu öffnen und fand mich in meinem alten Kinderzimmer wieder. Wann bitte war ich hier gelandet und wie? Und warum wurde das Gefühl, etwas wichtiges vergessen zu haben, immer stärker?

Langsam setzte ich mich auf, in dem festen Vorhaben, in die Küche zu gehen und meine Mama zu fragen, was passiert war, nachdem wir uns Mitternacht zum Neuen Jahr gratuliert hatten. Und dann kam die erste Erinnerung.

Da war ein Kuss. Nicht irgendein Kuss. Ich hatte Sascha geküsst.

„Warum zum Teufel?", murmelte ich leise vor mich hin und griff nach meinem Handy auf dem Nachttisch, das unter einem gefalteten Blatt Papier hervorlugte.

Meine Neugier das Blatt betreffend war größer als der Wunsch, mein Handy in die Hand zu nehmen. Ich nahm es und versuchte, die krakelige Schrift zu entziffern.

Es tut mir leid, ich melde mich. S.

Während ich darüber nachdachte, was er meinte, drehte ich das Blatt in den Händen. Und erstarrte, als ich die Überschrift auf dem nach vorn gefalteten Teil las. Das konnte nicht stimmen.

Eheschließungsurkunde

Vorsichtig, als könne mich das Blatt angreifen, faltete ich den untersten Knick auf und da war sie, schrie mich an und verhöhnte mich. Meine Unterschrift, direkt neben der von Sascha.

Ich ließ die Urkunde unter der Matratze verschwinden. Ganz nach dem Motto, was ich nicht sehe, existiert nicht. *Sehr erwach-*

sen, Mona, wirklich. Mein rasendes Herz versuchte ich mit tiefen Atemzügen zu beruhigen, doch es brachte nichts. Also begann ich, meine Hände und Finger zu kneten, nur, um sofort wieder damit aufzuhören, als ich einen Ring fühlte. Vorsichtig, als könne er explodieren, nahm ich ihm vom Ringfinger und sah ihn mir genauer an.

War das etwa ein ...?

Tatsache. Ich trug wahrhaftig einen *Schlüsselring* als Ehering.

Und ich konnte mich an nichts erinnern.

Erst dann fiel mir auf, dass etwas fehlte. Jemand, um genau zu sein. Ich war allein in meinem Bett aufgewacht.

Jetzt ergab die Nachricht Sinn.

Mir war mein Ehemann abhandengekommen.

In der Hochzeitsnacht.

Sag nochmal einer, ich könne nicht ebenso viel Hochzeitsdrama wie meine beste Freundin.

22. Februar 2018

Laura und Ella fallen beinahe lachend vom Stuhl, als ich mit meiner Erzählung ende. Jetzt im Nachhinein kann ich ebenfalls lachen, aber damals war es alles andere als witzig. Nicht umsonst habe ich mit niemandem darüber gesprochen und war froh, es in der Nacht weder in Bildern, noch in Nachrichten an meine Freunde verewigt zu haben.

„Wo warst du eigentlich?", fragt Viper, der sich ein Lachen scheinbar mühsam verkneifen muss Sascha, der unbehaglich auf seinem Stuhl herumrutscht.

„Ich bekam eine SMS am frühen Morgen. Ich hatte mich in Leipzig bei einem bekannten Koch beworben und er hat mir geschrieben, dass ich den Job habe, wenn ich noch am gleichen Tag komme. Also habe ich nicht lang überlegt, sondern bin direkt los. Ich konnte ja nicht ahnen, dass Mona die Urkunde nicht einmal liest, sondern allen Ernstes davon ausgeht, dass wir wirklich verheiratet sind."

Jetzt schüttele auch ich grinsend den Kopf. „Urkunde und Ehering liegen übrigens immer noch unter der Matratze in meinem alten Kinderzimmer, wenn meine

Mama nicht mittlerweile beides gefunden und entsorgt hat."

„Das ist so krass", lacht Laura und wird dann wieder ernst. „Aber jetzt mal ehrlich. Wenn du deine Hochzeit hättest planen können, wie du wolltest, wie wäre sie geworden?"

Ich überlege einen Moment. Es ist lange her, seit ich ernsthaft darüber nachgedacht habe. „Ich würde keine riesige Hochzeit mehr planen. Nur meine Familie und Freunde. In einer schlichten Kapelle. Es gibt so eine kleine niedliche, direkt hier um die Ecke, die allerdings schon seit Jahren geschlossen ist. Die wäre übrigens auch gut, wenn ihr Werbefotos vor oder in einer Kirche machen wollt. Und definitiv würde ich mich von einem echten und netten Pfarrer trauen lassen und keinem Elvis."

Mein Blick huscht für einen Moment zu Alex, als ich in der Fantasie gefangen bin, dass er dann vorn am Altar auf mich wartet. Doch er hört mir nicht einmal zu, ist mit seinem Handy beschäftigt. Und schon ist der Satz wieder da, den Laura bei meiner Willkommensparty von sich gegeben hat.

Alex ist verliebt.

Wahrscheinlich schreibt er ihr jetzt (und es kann nur die Rothaarige sein!), statt sich auf mich zu konzentrieren. Oder auf die ganze Truppe. Es sollte mich nicht wundern. Es sollte mich erst recht nicht verletzen.

Aber das tut es.

Kapitel 21

16. März 2018

Laura: *Ihr müsst mir helfen! Kommt bitte direkt in den Laden!*

Ella: *Ich hole Mona ab, wir sind in zwanzig Minuten da.*

Seufzend lege ich mein Handy zur Seite und gehe ins Bad, um mir die Feuchtigkeitsmaske abzuwaschen. Ich habe heute frei und wollte den Tag nutzen, um mich zu entspannen, ein bisschen Online-Shopping zu betreiben, meinen Körper mit einem ausgewachsenen Beauty-Programm zu verwöhnen. Aber Ella hat recht, der Hilferuf von Freundinnen geht vor.

Ich bin kaum fertig angezogen, als vor der Tür eine Hupe ertönt. Das kann nur Ella sein. Also schnappe ich mir Schlüssel und Tasche und eile nach draußen.

„Weißt du, was los ist?", frage ich sie, als ich in ihren Wagen steige.

„Nein, keine Ahnung, sie hat nichts weiter gesagt. Eigentlich sollte sie jetzt beim Shooting sein."

„Warum bist du nicht mit dabei?"

Sie seufzt. „Mein Chef hat mich dazu verdonnert, meine restlichen freien Tage zu nehmen, bevor ich in Mutterschutz gehe. Es ist auch ein bisschen die Feuertaufe für meine Nachfolgerin. Kommt sie jetzt nicht klar, haben wir noch Zeit, die Einarbeitung nochmal zu vertiefen, bevor ich wirklich weg bin. Also habe ich frei und weiß jetzt schon nicht, was ich mit meiner Zeit anfangen soll."

„Das Kinderzimmer einrichten?", frage ich lachend. „Baby-Shopping?"

„Pfft, das ist schon erledigt. Viper hat sein Büro leergeräumt und umgestaltet, kaum, dass wir den positiven Test in der Hand hatten. Alles ist fertig. Er hat auch direkt den Kinderwagen gekauft. Ohne mich. Stattdessen hat er Sascha und Bobby mitgenommen."

„Sascha *und* Alex?" Ich bin geschockt. „Und die beiden haben sich vertragen?"

Ella lacht ihr glockenhelles Lachen. „Das war Viper's Art, den beiden zu sagen, dass sie sich zu vertragen haben. Immerhin wollte er Sascha einstellen, es war wichtig, dass sie sich zusammenraufen und miteinander auskommen. Und das geht scheinbar am besten, wenn man gemeinsam ein Abenteuer besteht."

„Ein Abenteuer? Beim Kinderwagenkauf?"

„Du hast ja keine Ahnung, was das für eine Wissenschaft ist", sagt sie beinah genervt, als wir vor dem Laden ankommen und direkt vor der Tür einen freien Parkplatz finden. „Ich weiß jetzt mehr über Kinderwagen, als ich jemals wissen wollte. Eine Rakete zu bauen ist leichter."

„Sag mal, wie lange darfst du eigentlich noch Auto fahren?"

„Wenn es nach Vi geht, dann gar nicht mehr. Ich habe ihm versprochen, dass ich aufhöre, sobald die Senkwehen losgehen. Tun sie aber noch nicht, oder ich bekomme sie nicht mit. Aber es ist ja auch noch Zeit, bis es losgehen sollte."

Wir haben die Tür zum Brautmodengeschäft noch nicht ganz erreicht, als diese auch schon von einer völlig aufgelösten Laura aufgerissen wird.

„Es ist grauenhaft", beschwert sie sich, als sie uns zur Begrüßung in den Arm nimmt. „Das Model ist uns in letzter Minute abgesprungen, dabei ist alles schon aufgebaut und der Fotograf schon da."

„Was ist mit einem Ausweichmodel?"

„Mein Onkel hat jeden Vorschlag abgelehnt. Sie hätten alle nicht genug *Licht*, um unsere Kleider zu präsentieren, sagt er. Ich werde hier irre und brauche eure Unterstützung, bevor der Fotograf mir den Hals umdreht."

Seufzend lässt sie sich auf einen Stuhl an

184

der Wand fallen, nachdem sie uns in den großen Probenraum geführt hat. Ella macht es sich auf einem Sofa bequem, das ebenso an die Wand geschoben wurde. Der Fotograf läuft wild gestikulierend mit Telefon am Ohr zwischen den in der Mitte aufgestellten Leuchten hin und her.

Ich sehe mich neugierig um, gehe die scheinbar endlosen Regale entlang. In dem Kaufhaus, für das Laura und ich früher gemeinsam gearbeitet haben – ich beim Make-up, sie bei den Brautmoden – waren längst nicht so viele Modelle zu sehen. Und ich erinnere mich noch genau, wie schwer es dennoch war, mehr oder weniger heimlich ein Brautkleid für Ella zu finden.

„Was sehen meine müden Augen da für eine Schönheit leuchten", ruft ein älterer, leicht untersetzter Herr freudig und kommt auf mich zugeeilt, greift nach meinen Händen und drückt sie. „Sag, wer ist diese erlesene Blume?"

Laura lacht und stellt mich vor. „Onkel Yasin, das ist meine Freundin Mona, und hier auf dem Sofa ist Ella. Ich habe dir von beiden erzählt."

„Richtig, richtig", sagt er und lässt seinen aufmerksamen Blick über mich wandern, bringt mich durch eine Armbewegung dazu, mich einmal im Kreis zu drehen. „Ich

185

glaube, wir haben eine Lösung gefunden."

„Was für eine Lösung?" Ich bin verwirrt und ahne, dass mir nicht gefallen wird, was kommt.

„Nun, mein Kind, wir brauchen ein Model. Und ich wage zu behaupten, dass wir eines gefunden haben. Du hast doch heute noch nichts vor, oder?" Er sieht mich mit großen, runden Augen an, die ein wenig an einen tapsigen Hundewelpen erinnern. Allerdings klingt seine Stimme eher, als würde er keinen Widerspruch dulden.

„Ähm, ehrlich gesagt bin ich nur hier, um Laura Beistand zu leisten."

„Aber Kindchen, das kannst du doch, indem wir dich als Model nehmen. Hopp, wir finden das passende Kleid für dich."

„Wirklich, ich ...", versuche ich es noch einmal, werde aber mit einer Handbewegung zum Schweigen gebracht.

„Du wirst doch Zeit haben für ein paar Fotos und damit deinem alten Onkel Yasin helfen, oder?"

Ich blicke hilfesuchend zu Laura und Ella, doch beide sehen mich nur unschuldig grinsend an. Warum nur habe ich das Gefühl, dass dieser Überfall hier nicht halb so überraschend für die beiden ist, wie für mich?

„Versuch gar nicht erst, ihm zu widersprechend", sagt Laura und kommt zu mir, führt mich langsam näher an die ersten Kleider. „Wenn Onkel Yasin etwas will, dann bekommt Onkel Yasin das auch. Manchmal glaube ich, dass das Kaufhaus nur pleite gegangen ist, weil er wollte, dass ich für ihn arbeite."

„So weit reicht meine Macht nicht", lacht er. „Los jetzt, dein Onkel Yasin findet dir das schönste Brautkleid der Welt, Mona."

„Ich bin doch gar nicht Ihre Nichte!", versuche ich es ein letztes Mal, ernte aber nur ein Lachen von ihm und Laura.

Ich bin geliefert.

Zwei Stunden später trage ich das achte Kleid, vielleicht sogar das neunte. An jedem Kleid hatte Onkel Yasin, wie ich ihn nennen soll, etwas auszusetzen. Hier war der Ausschnitt zu groß, da die Taille nicht schmal genug. Dort passte die Farbe nicht oder es hatte zu wenig Glitzer.

Jetzt, in Kleid acht oder neun, bin ich geneigt, den Laden schreiend zu verlassen, egal wie sehr meine Freundin meine Hilfe braucht. Ich mag nicht mehr. Herrje, es war leichter für Ella ein Kleid zu finden, als Onkel Yasin für Werbefotos glücklich zu machen. Der Fotograf hat zwar ein paar Bilder gemacht, allerdings eher leidenschaftslos. Es gab kaum Anweisungen, wie ich mich zu drehen und zu wenden habe, damit die Kleider perfekt zur Geltung kommen.

Also ist die Hoffnung, jetzt endlich ein Kleid gefunden zu haben beinah gleich null, als ich die Umkleide verlasse und die fünf Schritte in die Mitte des Showrooms laufe, um mich zu präsentieren. Aber anders als die letzten Male, bekomme ich nicht direkt Reaktionen meiner Freundinnen zu hören, was mich dazu bringt, den Blick zu heben.

Ella hat eine Hand vor den Mund geschlagen und feuchte Augen. Laura sieht mich staunend an und Onkel Yasin lächelt. Zum ersten Mal, seit er mich dazu gebracht hat, mir in ein Kleid helfen zu lassen.

Ich wage einen Blick in den Spiegel neben mir und für einen Moment bleibt mein Herz stehen.

Das Kleid wirkt fantastisch an mir. Das Oberteil ist trägerlos, hat einen Herzausschnitt und ist über und über mit Perlen bestickt. Der Rock fällt ausgestellt nach unten und besteht aus mehreren Lagen weichem Tüll, die obere ist hier und da mit Perlenblumen bestickt. Eine wunderschöne Schleife sorgt für einen Blickfang an der Taille.

Kurz: Ich liebe dieses Kleid. Es lässt mich

wie eine Braut aussehen. Es ist DAS Kleid, das ich tragen würde, sollte ich jemals vor den Altar treten. Onkel Yasin hat ohne es zu wissen mein Traumkleid für mich ausgesucht.

Plötzlich steht er vor mir und tupft mir einem Taschentuch die feuchten Wangen trocken. Ich habe nicht einmal mitbekommen, dass ich weine.

„Also, ich finde ja, dass wir dein Kleid gefunden haben, wir müssen nicht einmal viel ändern. Du darfst es sogar nach den Fotos behalten. Was sagst du? Wirst du es tragen?"

Wie soll man da nein sagen? Wenn es doch meine einzige Chance sein wird, ein Brautkleid zu tragen?

„Dann lasst uns mal loslegen", sage ich nach einem Moment und rechne mit Jubel oder zumindest Anweisungen, aber es bleibt still hinter mir. Ich drehe mich um, nach einem weiteren kurzen Blick in den Spiegel, und erstarre.

Da, wo eben noch Onkel Yasin stand, befindet sich jetzt ein Mann in einem grauen Anzug.

Nicht irgendein Mann. Es ist Alex.

Ich will etwas sagen, aber ich bekomme keinen Ton heraus. Meine Lippen wollen sich nicht bewegen. Alles, wozu ich in der

Lage bin, ist, ihn anzustarren. Wie er da vor mir steht, sein Blick über mich streift.

Er strafft die Schultern, ich höre, wie er tief Luft holt und dann halten seine Augen meinen Blick gefangen, während er langsam und dennoch zielstrebig zu mir kommt.

„Ich werde es nicht tun", sagt er, als er direkt vor mir stehen bleibt. Uns trennt nur eine Handbreite voneinander und ich muss den Kopf leicht in den Nacken legen, um weiter seinen Blick halten zu können.

„Was wirst du nicht tun?", frage ich verwirrt und schließe die Augen, als er seine Hand an meine Wange legt. Es fühlt sich so gut an.

„Sieh mich an", bittet er leise. Und erst als ich die Augen wieder öffne und seinen Blick suche, spricht er weiter. „Ich habe viel getan, dass ich nie tun wollte. Ich habe Jura studiert, um meinem Vater näher zu sein, da ich dachte, dass wir dann in seiner Kanzlei gemeinsam arbeiten und so Zeit miteinander verbringen werden. Aber er hat die Kanzlei verkauft, wenige Tage vor meinem zweiten Staatsexamen. Ich habe den Wunsch, so zu werden wie er aufgegeben in dem Moment, aber das Studium habe ich beendet.

Bei dir gebe ich nicht auf. Ich werde dich nicht fragen, ob du mich heiraten willst.

Weil du gesagt hast, dass ich es nicht tun soll. Aber ich habe die Kapelle gemietet, die du so liebst und einen Pfarrer bestellt. Du musst nur da sein und ja sagen. Aber Mona, es wird nur diese eine Chance geben. Keine Zeit mehr, zu zögern oder zu zweifeln. Keine Zeit mehr für Spielchen. Ganz oder gar nicht."

Mein Herz droht stehen zu bleiben, mein Atem stockt und ich will etwas sagen, bekomme aber keinen Ton heraus. Ich will ihn anschreien, will ihn fragen, warum er das mit mir macht.

Aber er beugt sich leicht nach vorn, bis ich seinen Atem auf meinen Lippen spüren kann. Ich fühle seine Hand an meiner Wange, die andere legt er an meine Taille, als er noch einen Schritt näher kommt. Meine Hände legen sich wie automatisch auf seine Brust und ich weiß nicht, ob ich ihn damit näher an mich ziehen oder weit wegstoßen will. Wie von selbst schließen sich meine Augen und ich atme zitternd ein.

„Kein Zögern mehr", haucht er und dann berühren sich unsere Lippen. Es wirkt wie ein Elektroschock, mein eben noch beinah stillstehendes Herz rast plötzlich in meiner Brust. Durch seinen Anzug kann ich spüren, dass seines ebenso schnell schlägt.

Seine Lippen sind noch weicher als ich

sie in Erinnerung habe. Ich atme wimmernd aus und meine Knie verwandeln sich in Pudding. Ich kralle meine Finger in seinen Anzug, um aufrecht stehen zu bleiben.

Alex ist alles, was ich noch wahrnehme. Ich spüre seinen Bart, der mein Kinn kitzelt. Seine Hand, die in meinen Nacken wandert, als würde ich mich sonst von ihm lösen. Ich rieche seinen Duft, zum ersten Mal so nah und ungefiltert. Und ich liebe diesen Duft, kein Parfum der Welt kommt dagegen an. Und dann seine Lippen. Gott, seine weichen Lippen auf meinen.

Viel zu schnell beendet er den Kuss, legt seine Stirn an meine, lässt mich nicht eine Sekunde los. Ich halte die Augen geschlossen, habe das Gefühl, dass die Welt um mich herum schwankt und nur Alex mich noch aufrecht hält. Mein Herz pocht immer noch viel zu schnell, mein Atem zittert.

„Ich habe den ersten Kuss nie bereut, nur die Umstände. Ich musste gehen, mir über einiges klar werden. Deswegen konnte ich nicht bleiben, es wäre dir gegenüber nicht fair gewesen. Komm in vier Wochen in die kleine Kapelle und sag ja zu mir, zu uns. Ich liebe dich."

Er drückt mir einen Kuss auf die Stirn, löst sich von mir und verlässt mit langen Schritten den Laden.

Mein Herz klopft wie wild, meine Lunge scheint nicht genug Luft aufnehmen zu können und ich habe das Gefühl, jeden Moment zu fallen.

„Du wirst ihn heiraten, oder?", fragt mich Ella. Sie und Laura umarmen mich fest, stützen mich.

„Ich habe keine Ahnung", bringe ich irgendwann hervor. „Ich habe nicht die geringste Ahnung, was ich tun werde. Aber ich brauche jetzt einen Cocktail."

Im Viper angekommen, schwindet meine gute Laune schon nach wenigen Minuten. Wir sitzen im hinteren Bereich der Bar, wo Ella ihre Beine hochlegen kann, denn der Tag war doch anstrengend für sie. Vorn, direkt an der Theke, steht sie. Mareike, der rothaarige Vamp. Und sie unterhält sich mit Alex, der sie kaum aus den Augen lässt.

Ich will nicht schon wieder eifersüchtig sein, aber ich verstehe nicht, wer sie ist und warum die beiden so vertraut miteinander wirken. Dass Alex mir vorhin zu verstehen gegeben hat, dass er mich heiraten will, spielt dabei keine Rolle. Ich komme nicht über meine Eifersucht hinweg.

„So, wer will noch was trinken?", frage ich. Selbstverständlich nur, um uns mit Getränken zu versorgen. Auf keinen Fall suche ich nur eine Ausrede, um an die Bar gehen zu können und mehr über diese Mareike herauszufinden. Auf gar keinen Fall.

Alex wirft mir einen Blick zu, als ich durch den Gastraum gehe und im nächsten Moment flüstert er Mareike etwas zu, was sie dazu bringt, sich zu mir umzudrehen und mich anzulächeln. Freundlich. Zu freundlich, wenn man mich fragt. Und irgendwie ... neugierig. Allerdings kann ich es ihr nicht verdenken, ich mustere sie mindestens ebenso interessiert.

„Hi, ich bin Mareike", streckt sie mir ihre perfekt manikürte Hand entgegen, „und du bist Monique, nicht wahr? Alexander hat mir schon viel von dir erzählt."

„Hat er das?", frage ich und bin verwirrt. Auf jeden Fall weiß ich noch nichts von ihr, will aber auch nicht so unhöflich sein und ihr das an den Kopf werfen.

„Selbstverständlich." Sie lächelt mich weiter freundlich an und ich ergreife schließlich ihre Hand für einen kurzen Händedruck, den sie mit dem perfekten Druck erwidert. Ich mag sie immer weniger. Bis mir auffällt, dass sie das falsche Parfum trägt. Es ist viel zu aufdringlich. Ein dezenter Duft wäre angenehmer, würde ihr Aussehen mehr unterstreichen.

Tja, liebe Mareike, *das* kann ich definitiv besser.

„Können wir noch eine Runde *Virgin Coladas* haben?", richte ich mich an Sascha, der uns voller Neugier von der anderen Seite der Theke mustert. Er beobachtet meine Reaktion auf Mareike genau. Klar, immerhin weiß er, dass ich bis über beide Ohren verliebt bin in den Idioten, der sich mit dem Vamp vor mir trifft.

„Es hat mich gefreut, Monique, wir sehen uns gewiss bald wieder", verabschiedet sich die Rothaarige von mir und ich beobachte sie dabei, wie sie Alex umarmt, bevor sie nach einer Tüte auf dem Tresen greift, die das Logo des Brautladens trägt, in dem ich heute den halben Tag verbracht habe.

Einen Moment stutze ich, dann lenkt mich Alex ab, der plötzlich dicht vor mir steht. „Wie geht es dir?", fragt er und streicht mir eine Haarsträhne hinter das Ohr. Die eine Strähne, die sich schon den ganzen Tag immer wieder aus meinem Zopf löst.

„Ähm, gut, danke. Und bei dir?" Innerlich trete ich mir selbst in den Hintern. Wie einfallslos. Aber zu meiner Entschuldigung sei gesagt, dass er mich verunsichert. Seine Nähe ist verwirrend, aber ich will auch nicht zurückweichen, sondern ihm eher noch näher kommen.

„Bei mir auch. Und es wird immer besser." Er lächelt mich an, lässt seine Finger langsam über meinen Arm nach unten wandern, nimmt meine Hand in seine und drückt mir einen Kuss auf die Stirn. „Es ist schön, dass du hier bist."

„Hey, Turteltauben, die Drinks sind fertig, alkoholfrei für die wunderschönsten Frauen der Welt", unterbricht Sascha uns.

„Schleimer", werfe ich ihm lachend an den Kopf und greife nach dem Tablett, das mir Alex direkt wieder abnimmt.

„Ich bringe euch das nach hinten an den Tisch, Prinzessin. Und dann eise ich Viper vom Schreibtisch los, damit er seiner Frau die Füße massiert."

Ich mustere ihn für einen Moment, versuche mich zu fangen. Eigentlich will ich mich umdrehen und gehen, aber mein Mund führt ein Eigenleben. „Warum triffst du dich mit Mareike?"

Als Alex die Augen zusammenkneift, würde ich die Worte am liebsten zurücknehmen oder mich noch lieber in Luft auflösen. Aber natürlich kann ich weder das eine, noch das andere.

„Ähm, ich wollte nicht ...", beginne ich, aber er unterbricht mich.

„Sie ist nur eine Bekannte, mehr nicht,

und hilft mir bei einer wichtigen Sache. Ich zeige es dir, sobald es fertig ist, versprochen. Aber sie bedeutet mir nichts. Sie ist nicht du."

Irgendetwas an seinem Tonfall lässt mich ihm glauben. Trotzdem, als ich zu den Mädels zurück an den Tisch kehre, ist meine erste Frage eindeutig. „Ich habe das im Laden nur geträumt, oder? Ich habe mir das nur eingebildet. Ganz bestimmt. Kennt jemand einen guten Therapeuten?"

„Wenn du damit deinen Parfumtick loswerden willst, kann ich dir einen empfehlen. Aber der Rest ist schon so passiert. Wobei du uns natürlich noch erzählen musst, was er zu dir gesagt hat", fordert Ella mich auf.

„Und dann reden wir über die Hochzeit", quietscht Laura und ich fühle mich verloren.

Kapitel 22

Die letzten Wochen waren vor allem eines: verwirrend. Meine Freunde haben nichts unversucht gelassen, um mich von dem Tag heute abzulenken. Wobei Laura nicht sonderlich subtil immer wieder versucht hat, mich zur Hochzeit zu drängen.

Aber ich konnte einfach keine Entscheidung treffen. Ich weiß nicht, ob es richtig ist, ihn zu heiraten. Es mag ja sein, dass wir uns seit Jahren kennen, aber was wissen wir schon voneinander?

Sollte man nicht zumindest Grundinformationen ausgetauscht haben, bevor man sich entscheidet, den Rest seines Lebens miteinander zu verbringen? Ich meine, ich weiß nicht, was er gern isst, was seine Lieblingsfarben sind, sein Lieblingsduft. Wie soll ich so wissen, ob ich ihn heiraten kann? Was, wenn er seinen Kartoffelsalat mit Essig isst und nicht wie ich mit Mayo? Wie passt das zusammen?

In den letzten vier Wochen habe ich Alex kaum zu Gesicht bekommen. Dann und wann habe ich ihn im Viper gesehen, also weiß ich, dass er noch da ist. Aber wir haben nicht miteinander gesprochen. Als wir uns das letzte Mal sahen, sagte er, ich solle mir Zeit nehmen, mich zu entscheiden. Und bis dahin würde er mir Raum lassen, damit ich mich nicht unter Druck gesetzt fühle.

Heute ist der Tag der Tage. Der Tag, für den er die Hochzeit geplant hat. Und ich habe mich immer noch nicht entschieden.

Ich stehe in Ella's Schlafzimmer, wo mir Laura ins Kleid hilft, nachdem eine Stylistin sich bereits um das Make-up gekümmert hat. Meine Haare trage ich offen, in leichte Locken gelegt und eine dicke Strähne fällt mir über die rechte Schulter. Ich nehme noch einen Schluck aus der Sektflasche, die Ella mir mit den Worten „trink ein Glas für mich mit" heute Morgen in die Hand drückte.

Aus einem Glas wurden zwei. Oder drei. Mittlerweile bin ich leicht beschwipst und nehme alles relativ gelassen. Auch, als Laura darauf besteht, mir ein blaues Strumpfband anzuziehen und mir die Ohrstecker reicht, die ich von meiner Oma geerbt habe.

Während die beiden in ihre Brautjungfernkleider schlüpfen, steckt die Stylistin mir den Schleier an und legt ihn nach vorn. Er verdeckt ganz klassisch mein Gesicht und reicht bis weit über meine Hüfte, sowohl vorn als auch hinten.

„Damit haben wir etwas Blaues und etwas Altes. Das Kleid ist neu. Das gilt auch, oder?", zählt Laura auf.

„Fehlt was Geliehenes", murmelt Ella und zupft noch einmal ihr Kleid um den mittlerweile kugelrunden Bauch zurecht.

„Und der Pfennig im Schuh", unterbricht uns eine Stimme von der Tür und ich zucke leicht zusammen, als ich ausgerechnet Ella's Mutter im Türrahmen entdecke. „Den habe ich dabei. Wir sollten nichts vergessen."

„Hallo Frau Hansen", bringe ich leise hervor und nehme die Schuhe entgegen – mitsamt Pfennig.

„Es muss doch alles seine Richtigkeit haben, nicht wahr? Wie sollen die Fotos perfekt werden, wenn es die Braut nicht ist?"

Das Argument ist schlüssig, ja. Deswegen will ich ihr nicht sagen, dass gar nicht klar ist, ob es überhaupt eine Hochzeit geben wird.

„Oh", unterbricht Ella meine Gedanken. „Hast du schon ein Parfum aufgelegt? Du siehst wunderschön aus, aber was ist mit dem Parfum?"

„Ich kann mich nicht entscheiden, ich gehe heute lieber ohne Parfum."

Ich weiß nicht, wen die Aussage mehr schockt, Ella oder mich. Aber es stimmt, ich kann mich für keinen Duft entscheiden und deswegen habe ich zu Hause erst gar keinen aufgelegt oder eine Auswahl mitgenommen. Wie denn auch? Ich kann weder etwas Verspieltes nehmen, dass zu einer Hochzeit passt, noch einen schweren Duft, der Trauer ausdrückt, weil ich meinen besten Freund verlieren werde, wenn ich nein sage.

Wenn ich nicht weiß, was ich sagen soll, woher soll ich dann wissen, was ich unterstreichen will?

Ella treibt uns nach einem Blick auf die Uhr an, das Haus zu verlassen. Der Pfennig ist unter meinen Fuß kaum zu spüren, was mich freut. Denn wenn ich überlege, dass ich noch nicht weiß, wie und wann dieser Tag endet, will ich mir zumindest keine Blase laufen, weil ich einer alten Tradition nachkomme.

„Oh verdammt", kommt es erstaunt von Laura, die zuerst das Haus verlässt. „Der legt sich aber ordentlich ins Zeug."

Als ich endlich in der Tür ankomme, verstehe ich, was sie meint. Da steht eine weiße Stretchlimousine vor der Tür, geschmückt mit einem wunderschönen Gesteck auf der Motorhaube, das perfekt zu meinem Brautstrauß passt, den Ella trägt. Der übrigens genau so ist, wie ich ihn mir immer gewünscht habe. Es sind nur fünf Rosen, die Farben reichen von weiß bis rot. Die einzigen Blumen übrigens, die ich erkenne. Gut, ich kann noch einen Kaktus von einer Orchidee unterscheiden, aber dann ist wirklich Schluss. Rosen machen es einem aber auch einfach, sie zu erkennen. Ich sage nur: Dornen und Duft.

„Was zum Geier", beginne ich, stocke dann aber, als ich den Fotografen entdecke, der bereits die ersten Bilder macht. Also befolge ich den Rat, den Luise – Ella's Mutter – mir gibt und lächle. Ich lächle, als wäre ich heute die Braut.

Keine zehn Minuten später halten wir und ich lasse mir von Laura aus dem Wagen helfen. Ich streiche das Kleid glatt, Ella drückt mir den Brautstrauß in die Hand und dann erst hebe ich den Blick und entdecke die wunderschöne Dekoration an meiner kleinen Traumkapelle.

Neben dem Eingangsportal stehen große Blumengestecke, ebenfalls passend zu meinem Strauß. Und da sind auch Viper, Sascha, Pfarrer Jahns, der schon Ella getraut hat und Ella's Vater. Viper und Sascha tragen *Anzüge*, mit Einstecktüchern, passend zu den Kleidern meiner Freundinnen. Die ebenfalls in meiner Lieblingsfarbe gehalten sind: ein wunderschönes

Rot, nicht zu hell und nicht zu dunkel.

„Was zum Teufel mache ich hier eigentlich?", frage ich, als ich meine Stimme nach dreimal Räuspern wiedergefunden habe. Mein Herz schlägt so schnell, dass ich glaube, kurz vor einem Infarkt zu stehen.

„Du heiratest deinen besten Freund", sagt Sascha und Pfarrer Jahns nickt ihm zu, bevor er als erster in die Kapelle eilt, die Tür direkt wieder hinter sich schließt.

„Du bist mein bester Freund." Ich sehe Sascha verzweifelt an, hoffe, dass er sieht, dass ich immer noch nicht weiß, wie ich mich entscheiden soll.

„Tief einatmen", beruhigt mich Sascha. „Ich war früher dein bester Freund und ich werde auch immer dein Freund bleiben. Aber da drin wartet der Mann, nach dem du dein Leben lang gesucht hast. Alex wird dich nie im Stich lassen, er wird nie einfach so verschwinden. Erst recht nicht am Morgen nach der Hochzeit. Der Kerl liebt dich. Und wenn du in dich reinhörst, wirklich auf das hörst, was dein Herz dir sagt, dann weißt du, dass es stimmt. Es kann nur Alex sein, den du heiratest. Also gehst du jetzt da rein und wirst ihm genau das sagen. Sei mutig. Wag den Sprung."

Der Fotograf unterbricht meine wild umherirrenden Gedanken, indem er mich bittet, wieder zu lächeln. Dabei will ich schreiend weglaufen. Ist das schon meine Entscheidung? War das mein Sprung?

„Hier." Ella's Vater reicht mir einen Flachmann und ich muss lachen. Ich habe diesen Mann noch nie ohne seinen Flachmann getroffen, dabei ist er zum Glück kein Alkoholiker.

„Vielen Dank, Herr Hansen", sage ich, aber er unterbricht mich kopfschüttelnd.

„Ich bin Klaus. Und heute der Brautvater, ausgeliehen. Damit alles vollständig ist."

„Der Brautvater?" Ich nehme einen Schluck aus dem Flachmann und huste, so stark brennt mir der Alkohol in der Kehle. Da ist definitiv kein seichtes Wasser drin. Aber es hilft, ich beruhige mich ein wenig. „Ich dachte, meine Mutter führt mich zum Altar."

„Kommt gar nicht in Frage", entgegnet Klaus, nimmt mir den Flachmann ab, steckt ihn in sein Jackett und greift nach meinem Arm, um mich bei ihm einzuhaken. „Ich mag jetzt altmodisch klingen, aber das ist immer noch Aufgabe der Väter. Und weil du wie eine Schwester für meine Tochter bist, übernehme ich das. Mit dem Segen deiner Mutter, übrigens. Und jetzt lächeln, bitte. Die Fotos sollen doch gut werden, oder? Also lächeln wir jetzt und folgen den anderen in diese Kirche. Und wir werden weder stehen bleiben, noch schreiend weglaufen. Wir gehen jetzt da rein, immer den Gang lang und stoppen erst am Altar."

Ich habe das Gefühl, dass ich noch etwas sagen sollte, aber ich bekomme keinen Ton heraus, als sich das Kirchenportal öffnet und den Blick auf den Mittelgang freigibt. Die Bankreihen sind mit hellen Bändern und Blumen geschmückt. Weiß. Und Rosa. Und dann und wann eine rote Rose als Blickfang.

Der Hochzeitsmarsch setzt von einer Harfe gespielt ein, und langsam setzen sich die beiden Paare vor uns in Bewegung. Zuerst Sascha und Laura, die verdammt gut nebeneinander aussehen, wie ich feststelle und die seltsam vertraut miteinander wirken, selbst dafür, dass sie Mitbewohner sind. Danach Viper, der kaum die Augen von seiner schwangeren Frau nimmt, und zuletzt Klaus und ich.

Ich fühle mich zurückversetzt zu Ella's erster Hochzeit, als ich genauso an seinem Arm hing, damals versuchte ich jedoch, ihn davon abzuhalten, den Gang mit ihr hinunter zu schreiten. Weil der Bräutigam, den wir uns alle gewünscht haben, noch nicht da war.

Und dann stolpere ich, kaum, dass wir die Kapelle betreten. Ich sollte ihn aufhalten, ich habe mich noch nicht entschieden. Aber wenn ich diesen Gang entlangschreite, dann werde ich da vorn nicht nein sagen können. Dann werde ich Alex heiraten. Dabei weiß ich nicht einmal, ob ich ihn überhaupt liebe.

Klaus stützt mich und tätschelt meine Hand. „Du liebst ihn, Mona. Natürlich tust du das."

„Tu ich das wirklich? Ja, ich bin verliebt, aber reicht das für ein ganzes Leben?", frage ich mit leichter Panik in der Stimme, aber er bedeutet mir, leise zu sein, die ersten Gäste in der voll besetzten Kapelle drehen sich bereits zu uns um.

Ich sehe meine Kollegen, viele Bekannte aus dem *Viper*, mit denen ich mich immer gern unterhalte, und ich bemerke am Rand einen roten Haarschopf.

Onkel Yasin sitzt in einer der vorderen Reihen und hat scheinbar seine ganze Familie mitgebracht. Ganz vorn in der ersten Reihe sitzt meine Mutter, lächelt mir freudig zu und trocknet sich vorsichtig mit einem Taschentuch die Augen. Natürlich sind da auch Clarissa und Fernando, direkt neben meiner Mutter und strahlen mich an. Und ein Stück weiter kann ich sogar Only entdecken, was mein Herz einen Freudenhüpfer machen lässt.

Doch dann stocke ich wieder, nur um von Klaus weitergezogen zu werden. „Atmen. Lächeln. Und glücklich sein, mein Kind, das ist nicht sonderlich schwer", raunt er mir zu und lächelt mich an, als ich zu ihm schaue. Ich kann nicht anders, ich erwidere das Lächeln und richte meinen Blick wieder nach vorn, in Richtung Altar.

Meine Freunde haben an den Seiten Stellung bezogen und geben damit den Blick durch den Gang nach vorn frei. Und da ist er – Alex, den ich kaum erkannt hätte. Seine Haare sind geschnitten und frisiert, sein Bart ist abrasiert und er trägt einen dunkelblauen Anzug mit Weste, was ihn komplett anders wirken lässt. Weg ist der Surferboy aus dem *Viper*, in den ich mich damals verliebt habe. Geblieben ist ein Mann, den ich erst noch kennen lernen muss.

Alex strahlt mich an (und verdammt, ja, er hat wunderschöne Grübchen!), wirkt aber auch unsicher. So unsicher, wie ich mich fühle, weil ich immer noch nicht weiß, was ich sagen werde. Gehe ich das Risiko ein, einen Mann zu heiraten, den ich nicht genug kenne? Was, wenn es schief geht? Was, wenn wir uns eigentlich nicht mögen? Was, wenn wir den größten Fehler unseres Lebens begehen, wenn wir heiraten? Was, wenn es ein Fehler ist, nicht zu heiraten?

Ich habe solche Angst, dass es gleich losgeht, schließe fest die Augen und hole tief Luft, um endlich zu sprechen, als Klaus und ich vorn ankommen und er meine Hand an Alex übergibt.

Ich spüre, wie seine Hand zittert. Ich glaube sogar, den rasenden Puls in seinen Fingern fühlen zu können. Ich höre, wie schnell er atmet, sehe die Sorgenfalten auf seiner Stirn.

Er ist wirklich genauso unsicher wie ich. Er ist sich auch nicht sicher, ob das hier richtig ist. Und wenn wir beide unsicher sind ...

Plötzlich ist sie da, die Antwort. Ich weiß, was das einzig Richtige ist.

Und welches Parfum ich hätte auflegen sollen.

Epilog – Alex

14. April 2018

Nervös zupfe ich an den Hemdsärmeln, die aus dem Jackett herausschauen und richte zum hundertsten Mal die Manschettenknöpfe. Herrgott, ich war noch nie so nervös in meinem Leben. Und falls doch, hatte ich immer jemanden an meiner Seite, der mich beruhigt hat. Doch heute ist alles anders. Mein bester Freund ist irgendwo auf der anderen Seite der Tür und ich stehe hier allein, vor dem Altar in dieser theoretisch wunderschönen, geschmückten Kapelle und warte darauf, dass mein Schicksal besiegelt wird.

„Nicht aufregen, mein Lieber", sagt meine hoffentlich zukünftige Schwiegermutter und tätschelt meinen Arm. „Sie liebt dich, sie wird schon ja sagen. Ganz sicher."

Ich nicke und versuche, zuversichtlich auszusehen. Was für einen Moment klappt – und dann öffnet sich das Portal.

Als ich sehe, dass es nur der Pfarrer ist, der hereinkommt, beruhigt sich mein Herz wieder. Nur, um loszujagen, sobald er spricht. „Die Braut ist eingetroffen, es kann losgehen. Bitte nehmen Sie Ihre Plätze ein und lassen Sie Ruhe einkehren."

Ich atme tief durch, stelle mir vor, dass ich vor Gericht stehe und die Ruhe selbst sein muss. Ich kann das, ich kann das hier gewinnen. Es ist die wichtigste Verhandlung meines Lebens. Und ich werde siegen, ich werde diese Frau bekommen. Meine Traumfrau.

Vielleicht zumindest. Denn Mona hat ihren eigenen Kopf und so ganz bin ich mir doch nicht sicher, ob das der richtige Weg ist, sie für mich zu gewinnen. Vielleicht wäre es doch besser, erst einige Zeit eine Beziehung zu führen und sie dann zu fragen, ob sie mich heiraten will. Schließlich hat sie mir damals im Streit gesagt, dass ich sie nie wieder fragen soll. Man meint selten ernst, was man im Streit sagt. Vielleicht waren die wenigen Dates, die wir hatten, nicht genug, um sich kennen zu lernen. Vor allem, weil ich ihr nie gesagt habe, dass ich es als Date betrachte. Was, wenn es für sie nur Treffen unter Freunden waren? Was, wenn ich sie nicht überzeugen konnte? Was, wenn ich hiermit alles in den Sand setze?

Ich stehe kurz vor einer Panikattacke, als die Harfe zu spielen beginnt. Sascha und Laura schreiten als erstes Paar den Gang entlang, direkt dahinter Ella und Viper, aber ich habe kaum Augen für sie. Ich kann es nicht erwarten, Mona zu sehen. Aber da ich hier auf gleicher Höhe stehe, versperren mir die beiden Paare noch die Sicht.

Ich weiß, dass sie mit einigem Abstand hereingeführt wird, ich sie gleich sehen werde und meine Nervosität steigt tatsächlich noch an. Und dann ist es so weit.

Ja, ich habe sie im Laden schon in dem Kleid gesehen und sie war wunderschön. Aber das ist nichts gegen den umwerfenden Anblick, den sie heute bietet. Heute ist sie eine Braut – meine Braut.

Ich beobachte, wie ihr Blick durch die Kapelle schweift, hier und da auf bekannte Gesichter trifft, bemerke, wie ihr Gang unsicher wird und Ella's Vater sie stützt. Als ihr Blick auf mich fällt, bin ich mir sicher, dass sie für einen Moment die Luft anhält. Ich kann nicht hören, was er zu ihr sagt, bevor er mir ihre Hand reicht, aber ich kann die Verwirrung, die Unsicherheit deutlich in ihren Augen sehen. Die gleiche Unsicherheit, die mich dazu bringt, schwer zu schlucken, bevor ich einen Ton herausbringe.

Ich habe mir einen Text zurechtgelegt. Ich habe tagelang vor dem Spiegel geübt, was ich sagen will, wie ich es sagen will. Ich habe es auseinandergenommen und wieder zusammengesetzt, bis es perfekt war. Bis ich jedes Pixel der Buchstaben auswendig kannte. Denn hier geht es um das wichtigste Plädoyer meines Lebens. Es geht um unsere gemeinsame Zukunft.

Doch ausgerechnet jetzt fehlen mir die Worte, kann ich mich nicht einmal mehr an die ersten Zeilen erinnern. So überzeugt, wie ich von mir selbst war, habe ich Viper natürlich nicht meinen Spickzettel gegeben, damit er mir soufflieren kann. Wozu hat man denn einen besten Freund, verdammt?

Ich sehe, wie Mona Luft holt, um etwas zu sagen, und vor lauter Panik, dass sie mich abweist, rede ich völlig kopflos drauflos.

„Du hast mir mal gesagt, dass ich dich niemals wieder fragen soll, ob du mich heiratest", beginne ich nach einem tiefen Atemzug und suche ihren Blick unter dem Schleier. Verdammt, durch das Ding kann man nichts sehen. Also löse ich meine Hand aus ihrer, lüfte den Schleier und greife direkt wieder nach ihren Händen.

„Hallo Prinzessin", begrüße ich sie und sie antwortet mit einem zittrigen, ängstlichen Lächeln. „Ich war ein Idiot und habe jahrelang nicht gesehen, was direkt vor mir ist. Ein noch viel größerer Idiot war ich allerdings bei der Hochzeit unserer Freunde, weil ich Angst bekam. Angst, dass, was auch immer da plötzlich zwischen uns war, unsere Freundschaft zerstören würde. Und damit habe ich dich beinah komplett verloren. Monique Pruba, du bist der wichtigste Mensch in meinem Leben und ich will nicht einen Tag länger ohne dich an meiner Seite verbringen. Ich frage dich nicht, ob du mich heiraten willst, sondern ich stehe hier, vor all unseren Freunden und unserer Familie und hoffe darauf, dass du mich heute zum glücklichsten Menschen auf Erden machst, indem du mich heiratest. Mona, ich liebe dich auch, seit Jahren schon. Ich kann mir nichts Schöneres vorstellen, als den Rest meines Lebens mit dir an meiner Seite zu verbringen."

„Auch?", fragt sie nach einem Moment der absoluten Stille.

Ich runzele die Stirn, bin verwirrt. „Wie bitte?", frage ich und ernte dafür ein Stirnrunzeln von ihr.

„Du hast gesagt, du liebst mich *auch*. Was heißt das?"

Ich kann spüren, wie ich rot werde. Herrje, ich bin Anwalt, das sollte mir nicht passieren. Aber ich kann es nicht verhindern. Und diskutieren wir hier gerade ernsthaft über so ein kleines Wort? Noch nicht einmal über die Frage, ob sie mich heiraten will oder nicht? Wirklich?

„Also, es wäre möglich, dass ich da eine Tonaufnahme gehört habe, in der du sagst,

213

dass du mich liebst und mich vermisst. Das ist doch immer noch so, oder?" Panik schleicht sich in meine Stimme. „Du liebst mich doch immer noch, oder? Oh Gott, bitte sag, dass du mich liebst."

„Viper!", schimpft sie im nächsten Moment und sieht an mir vorbei zum Beschuldigten, der immerhin so viel Anstand besitzt, sich bei ihrem bösen Blick verlegen zu räuspern.

„Mona?", frage ich sie unsicher, versuche ihre Aufmerksamkeit wieder auf mich zu lenken.

„Ich verstehe das alles nicht, Alex. Was hast du dir dabei gedacht?"

In ihrer Stimme schwingt Schmerz mit und ich schließe kurz die Augen, weil ich es kaum ertrage, den in ihrem Gesicht zu sehen.

„Also, mein Kind", unterbricht ausgerechnet Pfarrer Jahns meine Gedanken und richtet sich an sie, „das ist doch ganz einfach. Wir haben ja schon bei Ellijonora gesehen, dass ihr das hier in Hamburg nicht so habt mit dem miteinander reden, euch aussprechen, eurem Herzen folgen und so weiter und so fort. Scheint so, als sei das seine Art, dich um Verzeihung zu bitten, dass er jahrelang den Hintern nicht hoch-bekommen hat, um dich zu erobern. Und auch wenn ich gern in Hamburg bin und mit Freude hier vor euch stehe - irgendwann will ich auch mal wieder nach Hause. Das Haus hier ist voll, alle wollen wissen, wie du dich entscheidest. Die Frage ist doch nicht, ob du ihm verzeihen kannst, dass er ein Idiot ist, sondern ob du gewillt bist, den Rest deines Lebens mit eben diesem Idioten zu verbringen."

Ich richte meinen Blick wieder auf Mona und versuche alle Verzweiflung und alles Bitten in meine Stimme zu legen. „Ich hätte dir viel eher sagen sollen, was ich für dich fühle. Ich habe so viel falsch gemacht in den letzten Jahren. Ich habe mich in dich ver- liebt, als du angefangen hast, mich jede Woche wegen meiner Flirtversuche aufzu- ziehen. Es hat nie aufgehört, das Gefühl ist nur noch mehr gewachsen. Ich liebe dich und will den Rest meines Lebens mit dir verbringen, es reicht mir nicht mehr, nur mit dir befreundet zu sein. Ich will eine Zukunft mit dir."

„Frag sie nochmal", flüstert Sascha mir zu, als sie immer noch nichts sagt. Und als ich mich gerade gesammelt habe, Luft hole, um neu anzusetzen, unterbricht sie mich.

„Ja, ich will dich heiraten. Fangen Sie an, Pfarrer Jahns, damit Sie nach Hause kommen."

Und ganz plötzlich ist sie wahrhaftig eine strahlende Braut. Eine Braut, die diesmal eine echte Eheschließungsurkunde unterschreibt.

Mein Herzschlag hat sich immer noch nicht beruhigt, dabei habe ich die Zeit in der Kirche seit Stunden hinter mir.

Aber wie soll man auch die Minuten vergessen, in denen man sich selbst quasi am Abgrund seines Lebens stehen sah? Die Minuten vor der Entscheidung, die das eigene Leben für immer nachhaltig verändern wird. Entweder zum Guten, weil die Frau, die ich über alles liebe doch Ja zu mir sagt, oder zur Hölle auf Erden, weil sie es nicht tut und ich damit alles verliere, worum ich auf meine Art versucht habe zu kämpfen.

Man kann darüber streiten, ob es von Viper damals in Ordnung war, mir die Aufnahme ihrer Liebeserklärung zu schicken. Für mich war es definitiv richtig, es war das, was ich brauchte. Das Zeichen, dass nicht alles verloren war zwischen Mona und mir. Und verdammt, knapp genug war es.

Sie so von mir zu stoßen, nachdem ich sie geküsst habe, war der absolut falsche Weg und ich habe es bereut, kaum, dass sie die Pension verließ. Ich wollte sie aufhalten,

aber ich wusste nicht, wie. Ich war ernsthaft überfordert in dem Moment. Weil ich
nur noch daran denken konnte, dass ich das
will, was mein bester Freund hat. Mit Mona,
mit niemandem sonst. Das hat mich blind
gemacht, sonst hätte ich vielleicht gesehen,
dass es ihr genauso ging.

Und danach habe ich den Dreh nicht
bekommen. Natürlich ist mir aufgefallen,
dass sie sich mehr und mehr von mir
zurückgezogen hat, eher aus dem gesamten
Freundeskreis. Aber ich habe nicht weiter
darüber nachgedacht. Dabei ist im Nachhinein sehr deutlich, dass sie eifersüchtig
war auf die Nähe, die es in ihren Augen zwischen Laura und mir gab. Ich hätte ihr viel
eher sagen müssen, was los war.

Als sie nach München ging, war ich wie
vor den Kopf gestoßen. Ich war überzeugt,
dass sie wegbleibt, nicht wiederkommt.
Nicht einmal Sascha, der sie von klein auf
kennt, war sich sicher, ob sie wiederkommen würde. Sascha, dem ich verdammt
lang übel nahm, dass er scheinbar hatte,
was ich so gern wollte: Mona zur Frau. Dass
alles nur eine Lüge war, hat es nicht besser
gemacht. Wobei, Lüge stimmt nicht ganz,
Mona hat nur die Urkunde nicht gelesen.
Aber darauf kommt es am Ende nicht an.

Am Ende ist nur wichtig, dass ich es doch
noch geschafft habe, hier zu landen. In dem

kleinen Ferienhaus an der Küste, das ich gemietet habe. Mit der Frau in den Armen, die ich liebe. Sie schläft an mich gekuschelt auf dem Sofa, ist erschöpft von dem aufregenden Tag und ich kann sie verstehen. Die letzten Wochen hatten wir keinen Kontakt und das war für uns beide unerträglich. Aber ich musste ihr diese Zeit geben, damit sie frei entscheiden konnte, wie es mit uns weitergehen soll.

„Hey", murmelt sie, als sie langsam die Augen aufschlägt und lächelt mich an. Genau dafür habe ich das alles getan. Um dieses träge, verschlafene Lächeln jeden Tag sehen zu können. „Was machst du da?"

„Dich beobachten", sage ich und erwidere ihr Lächeln. „Genießen, dass ich dich nicht verloren habe."

„Du bist ein Idiot." Aber sie lächelt mich dabei an, also kann es nicht so schlimm sein. „Ich habe so viele Fragen, Alex. So verdammt viele Fragen."

Ich weiß, was ihre erste Frage sein wird. „Mareike ist die Hochzeitsplanerin, die ich engagiert habe, damit sie mir mit der Organisation hilft. Viper hat zwar irgendwann vorgeschlagen, dass wir die Planung seiner Schwiegermutter überlassen, aber ich hatte Bedenken, dass dann alles ein wenig ausartet. Wobei sie Pfarrer Jahns

218

nach Hamburg geholt hat und dafür bin ich ihr dankbar. Es hätte sich wohl kein anderer Pfarrer darauf eingelassen.

Mareike hat den Rest organisiert, wobei ich glaube, dass Frau Hansen auch hier ihre Finger mit im Spiel hatte. Dass wir einen Standesbeamten gefunden haben, der heute tatsächlich die doch etwas ungewöhnliche Trauung vornehmen wollte, haben wir auf jeden Fall Mareike zu verdanken."

Sie kichert und ich verliebe mich noch ein wenig mehr in sie. „Stimmt, ungewöhnlich war sie auf jeden Fall. Aber warum musstest du mich direkt heiraten? Hätten wir nicht erst eine ganz normale Beziehung führen können?"

„Weil ich keine Zeit mehr verschwenden will. Ganz davon ab, würden wir eh hier landen, verheiratet. Wir haben schon Jahre verloren, weil ich ein Feigling war. Und als ich endlich mutig war, bist du gegangen."

„Hö?" Sie sieht mich zweifelnd an. „Wann hast du mir gesagt, dass du mich liebst?"

„Am Flughafen. Als ich dir gesagt habe, dass du mich nicht mehr Bobby nennen sollst."

Sie setzt sich auf, sieht mich erst geschockt, dann verärgert an und schlägt mir schlussendlich sogar zweimal auf die Brust, bevor ich ihre Hand greifen und fest-

219

halten kann. Sie hat erstaunlich viel Kraft, als sie versucht, ein weiteres Mal nach mir zu schlagen.

„Sag mal, hast du Idiot sie noch alle? DAS nennst du einen Versuch? Ich bin davon ausgegangen, dass unsere Freundschaft vorbei ist, weil ich dich nicht mehr Bobby nennen darf, wie immer und wie alle Freunde das machen. Ich habe geglaubt, dass jetzt alles vorbei ist!"

„Aber ich habe dir doch mal gesagt, dass die Frau, die ich liebe, mit der ich mein Leben verbringen will, mich nicht Bobby, sondern Alex nennen soll. Dass ich will, dass sie MICH meint und nicht den Kerl, der eine Wette verloren hat", versuche ich, mich zu verteidigen, was sie nur noch mehr in Rage versetzt.

„Und wie bitte soll ich auf DEN Gedanken kommen? Das ist alles, aber ganz sicher nicht logisch nachzuvollziehen, Herr Anwalt. Also echt mal!"

Ich kann nicht anders, grinse sie breit an, weil sie selbst in ihrer Wut wunderschön ist und gebe ihr einen Kuss auf die Hand, die ich immer noch in meiner halte.

„Wo werden wir wohnen?"

Mir gefällt, dass sie sich wieder unserer Zukunft zuwendet. Nicht, dass ich ihr groß eine andere Wahl lassen würde, jetzt, wo die Tinte unter der Eheschließungsurkunde trocken ist.

„Bei mir, ich habe das Loft ausgebaut in den letzten Monaten und wir haben dort genug Platz. Es gibt sogar einen eigenen Ankleideraum für dich. In dem ist Platz für alles – erst recht für deine Parfumsammlung. Ich habe mir nächste Woche freigenommen, dann können wir alles in Ruhe angehen."

„Du hast nicht direkt alle abkommandiert, meine Sachen zu dir zu bringen, wie wir das mit Ella gemacht haben?"

„Nein. Ella wollte zwar, aber ich glaube, dann hätte Viper mir den Hals umgedreht. Und ich weiß, wie wertvoll dein Parfum für dich ist und dass du das sicher lieber selbst einpacken willst. Heißt aber nicht, dass ich dir eine Wahl lasse. Du ziehst zu mir, und wenn ich jedes Fläschchen einzeln und zu Fuß zu uns bringen muss."

Sie kichert und es ist heute das schönste Geräusch für mich. Direkt nach ihrem Ja. Kaum, dass uns alle gratuliert hatten, sind wir mit unseren bereits gepackten Reisetaschen (ein Hoch auf Laura, die daran gedacht hat) in meinen Wagen gestiegen und losgefahren, in ein verlängertes Flitterwochenende.

„Noch weitere Fragen?"

Sie runzelt einen Moment die Stirn und schüttelt dann den Kopf. „Nein, jetzt gerade nicht. Wieso?"

„Weil ich das hier schon seit einer Ewigkeit tun will", sage ich leise, lege meine Hand an ihre Wange und beuge mich zu ihr, bis sich unsere Lippen leicht berühren. Noch kein Kuss, nur der Hauch einer Berührung. „Ich liebe dich, meine Ehefrau."

„Ich liebe dich auch, mein Ehemann. Genug geredet."

Und dann küsst sie mich zum ersten Mal richtig.

ENDE.

Nachwort

Eine ganze Weile habe ich überlegt, womit ich das Nachwort beginnen will und der beste Anfang ist immer noch ein dickes

DANKE !

Danke, dass ihr die Geschichte von Mona und Alex gelesen habt und hoffentlich hat sie euch genauso gefallen wie mir. Wobei ich ehrlicherweise zugeben muss, dass Mona mich stellenweise wahnsinnig gemacht hat während des Schreibens. Weil sie nicht so wollte, wie ich gern hätte. Weil sie sich geweigert hat, ihrem Skript zu folgen.

Ich wollte etwas lockerleichtes, etwas, das einem Lachtränen in die Augen treibt, wie es bei Ella gewesen ist (zumindest ich hatte immer wieder Lachtränen in den Augen und habe es heute noch, wenn ich ihre Geschichte lese).

Und dann habe ich das hier geschrieben. Denn jedes Mal, wenn die Geschichte um Mona leichter werden sollte, hat sie sich falsch angefühlt. Das war nicht Mona, das war nicht der Punkt ihres Lebens, an dem sie sich befand.

Nicht, dass Alex sonderlich kooperativer gewesen wäre, von wegen. Der hat sich erst recht geweigert, mit mir zu arbeiten.

Also habe ich das geschrieben, was mir die

Charaktere vorgegeben haben. Immer wieder Kapitel umgeschrieben, ganze Handlungsstränge komplett verworfen, andere hinzugeschrieben. Weil sie nicht anders wollten, weil beide ihren eigenen Kopf durchgesetzt haben. Dabei bin ich der Steinbock von uns und bekomme angeblich immer, was ich will, und wenn ich dazu mit dem Kopf durch die Wand muss. Nun, sagen wir mal so – die beiden waren mehr als nur eine Wand, sie waren eher ein ganzer Stahlblock.

Aber jetzt, nach den magischen vier Buchstaben, habe ich wieder Freudentränen in den Augen, nachdem ich so viel mit Mona gelitten habe. Und ich glaube, sie ist mit ihrem Ende genauso glücklich, wie ich es bin.

Ihr hoffentlich auch.

Wird es weitergehen mit der Gruppe? Ja. Denn da ist in diesem Band Laura aufgetaucht, die ebenfalls ihre Geschichte verdient und die sie einer witzigen Weihnachtstradition verdankt. Lasst euch überraschen.

Ich weiß nicht, wann Laura ihre Geschichte erzählt – aber sie wird es tun.

Danke, dass ihr mein Buch gelesen habt. Und bis hoffentlich bald,

Eure Anna